鎮家之寶 3

風文創 604

皓月 著

目錄

第六十一章

曹振邦沈默半晌，然後一拍大腿。「我說呢！這個齊淑玉膽子也忒大了點，就這麼明目張膽的來暗害我們曹家子孫？」

老夫人嘆口氣。

「不過這也是我的猜測，沒有證據。」

曹振邦沈默了半天才開口。

「如果沒有證據，咱們就懲罰她，恐怕齊家那頭不會答應。想想真是憋屈，現在齊家不如從前，但我們還被他們箝制了。說起來當初就不該讓這女人進門，妳偏不聽，妳看看，這家裡鬧騰的……唉，現在想休了她都難！」

面對老頭子的指責，老夫人能說什麼？一切的苦果她只能自己嚥下。

「你說我還不是為了這個家，我也沒想到齊家會教出這麼一個閨女出來，若實在不行，就休了吧！」

老夫人也是賭氣才說出這樣的話，可曹振邦此刻卻不同意了。

「現在暫時還不行。這樣吧，妳出去戒毒時把齊淑玉帶上，讓這個女人在妳身邊好好立立規矩，反正在鄉下，妳可以盡情磨礪她，讓她心裡明白咱們不是什麼事都不知道。」

老夫人嘆口氣。「目前也只有這個辦法了，原本我還想給老三再添兩個妾室，多些子孫，看來還是不必了，這妾多了也未必就是好事，兒子還反感，我看我就別做那討人厭的事了。至於出去戒毒，那得等可盈回來，也不知道這孩子情況怎麼樣了，齊淑玉這是害人害己啊！」

水瑤並不知道這老兩口背後還有這麼一齣，今天她也的確是凶險異常，心裡還暗自慶幸，幸好他們沒事，不然她找誰說理去？

「我看那個曹可盈也是故意的，本來還跟我們差前差後地走，後來卻越走越遠，這裡面肯定有鬼。哼，她也是活該，要是跟咱們一起，說不定還沒事呢！」徐倩是真的憤憤不平，瞧那牛瘋狂的樣子，連她都未必制止得了，就更別說保護這兩個小的了。

李嬸邊走邊嘆氣。「這事我看齊姨娘心裡肯定有數，為啥水瑤是大紅色的，她的兒女卻是別的顏色，可惜聰明反被聰明誤，最後害了自己的兒女。」

水瑤冷笑一聲。「所以說，算計別人最終還是會報應到自己頭上！」

一行人剛拐過彎，就看到洛千雪和小翠焦急地等在院子門口。

「水瑤！你們怎麼樣了，讓娘看看，有沒有受傷？」

洛千雪聽下面的人說出去的幾個孩子出事了，她的心就一直提著，在屋裡坐臥不安，可她沒辦法到外面打聽，小翠也不讓她去，所以她只能焦急地守在自己的院門口張望，希望孩子們能夠平安回來。

「娘、娘！」

雙胞胎看到洛千雪，張著小手撲到母親懷裡，忍不住放聲大哭。

「別怕別怕，已經回家了，都沒事了，娘就在你們身邊，還有姊姊保護你們，壞人傷害不了你們的。」洛千雪抱著一雙兒女安慰著。

「娘，我都怕再也見不到妳了，妳不知道那牛有多凶猛，追著姊姊不放，我和妹妹兩個嚇得都不敢睜開眼睛，我們也不敢哭，就怕牛再轉過身來……」雲崢哭道。

小翠拉著水瑤上下打量一番，邊流淚邊拍她一下。

「妳這孩子，快嚇死我們了，妳說好好過個年，怎麼還出這事，萬一你們發生什麼意外，妳讓妳娘該怎麼辦啊！」

水瑤抱著小翠的胳膊，安慰道：「翠姨，我們也沒想到會出這樣的事，這都是意外，以後我會注意的，幸好大家都沒事。中午做點好吃的吧，我去給他們兩個熬點湯喝，壓壓驚。」

兩個人一起去廚房，水瑤這才跟小翠說了實話。

「妳是說紅色容易吸引瘋牛？」小翠驚道。

水瑤點點頭。

「是，所以我才說這事十有八九是齊淑玉設計的，幸好我引開了牛，不然我們三個估計一個都保不住。翠姨，妳不知道當時我有多怕，也幸好我早覺得她有古怪，事先做了準備。這個該死的女人，她一天不死，這樣的事以後會沒完沒了。」

小翠嘆口氣。

「她現在是正宗的三夫人，她爹還是當官的，老爺和老太太他們都忌憚三分呢，就更別說是咱們了。這事先忍著，反正咱們沒事，有事的是她家姑娘。」

正當水瑤他們慶幸劫後餘生時，齊淑玉卻咬牙切齒的咒罵著。

「那披風怎麼會到可盈身上，她根本是故意的！妳這丫頭也真夠笨，這麼件破披風有什麼好，妳非要，這下自己倒楣了吧？」

氣歸氣，看著滿臉淚痕的女兒，她實在也不忍心繼續罵下去。

「夫人，小姐腿部的骨折已經處理好了，上了夾板，身上的傷口也都塗了藥，不過這些都不能沾水，一天換一次藥……」

老大夫交代完後，就趕緊去看下一個病患，誰能想到大過年的還會出這樣的事，這邊人手不夠，他也是臨時被人從家裡找來。

齊淑玉不放心孩子的傷，又跟老大夫詳細詢問了一番，這才讓下人抬起曹可盈往家裡走。

誰知迎面就碰到了急忙過來看女兒的曹雲鵬。

齊淑玉看到自家男人，火氣立刻就冒了上來。

「你心裡還有孩子啊？你自己的親閨女都成這樣了，你不顧著孩子卻去看那些不相干的人，有你這麼當爹的嗎！」

齊淑玉當眾這麼一發飆，讓曹雲鵬尷尬極了。

他好歹也是堂堂知府，除去這身分，他一個大男人讓一個婦道人家數落著，這臉面終究不好看。

他起初還安慰兩句，可看齊淑玉沒完沒了，臉頓時一沈。

「妳有完沒完，我雖然是一個父親，可我也是百姓的父母官，既然我食君俸祿，那就要為老百姓做事，況且跟那些傷重的甚至沒了性命的人比起來，孩子已經夠幸運的。好了，妳趕緊帶孩子回家，我還有公務要處理。」

說完，他袖子一甩，帶著手下離開了。

周圍看熱鬧的人一個個嘴角帶著嘲諷盯著齊淑玉瞧，有些敢說的就更不客氣。

「還知府夫人呢！就這德行，根本就配不上咱們知府老爺！妳閨女受傷怎麼了？還有比她傷得更重的呢！要怨就怨那個讓牛瘋了的人，那才是狗娘養的，這樣的人一輩子都不得好死，生孩子也是男盜女娼，我咒那人一輩子倒楣，家裡人死光光……」

有一人開口，其他人就不膽怯了，跟著一起咒罵起來，齊淑玉氣得還想對罵兩句，卻被梅香攔住了。

「夫人，別跟他們吵了，快帶小姐回去吧，外面那麼冷，別再凍出個好歹來。」

被丫鬟一拉，齊淑玉才有些後悔，剛才她是怎麼了，怎麼當眾就給曹雲鵬難堪呢？

她心情複雜的帶著人離開，至於身後那些咒罵不休的人，她只能當作沒聽見。

「那些百姓都是無知的人，夫人別跟他們一般見識，一群窮鬼，除了嘴上能占點便宜外，他們還會幹什麼？別聽他們胡咧咧……」

蘭香邊走還不忘邊安慰自己的主子，畢竟齊淑玉要是發起火來，她們這些貼身丫鬟也會跟著遭殃。

回到家，齊淑玉把屋子裡的東西又摔了一遍。

另一頭的大夫人和二夫人聽到這事，都不得不搖頭。

柴秋桐語氣很不客氣。「她這是想幹什麼，真的拿咱們曹家當泥捏的不成？吩咐下去，除非各房應該配置的，只要是三房過去領東西，一概不給。她不是很會砸嗎？那就讓她自己掏銀子買，我可不會慣這個毛病！」

龔玉芬則在屋裡嘆氣。「這個老三媳婦還真是不省心，她還以為現在是我當家那時候啊，現在是老二媳婦和其他妯娌一起管家呢！」

曹燕茹在一旁冷哼了一聲。

「娘，我看她一身毛病就是讓大家慣的，還官家小姐呢，一點修養都沒有，連個商家女都不如。總之這事您別管，有二嬸她們在，咱們就看她能鬧出什麼動靜來！今天這事我還覺得蹊蹺呢，怎麼偏偏我們過去時，那牛就發瘋了？再說，大過年的，鄉下人沒事趕牛到城裡幹麼？」

這事龔玉芬也不好說，不過仍不忘叮囑自家閨女別說出去。

母女倆剛說完話，曹雲祖就一臉怒氣地走進來。

龔玉芬疑惑地問：「你不是出去給合夥人拜年，怎麼，跟人家吵架了？」

曹雲祖一屁股坐下來，喝光一杯茶，狠狠喘了口粗氣。「妳說老三到底娶了個什麼東西，竟然在大街上跟老三吵架？吵就算了，為了孩子情有可原，可妳沒聽到她說的那些話，簡直連村婦都不如，還當官夫人呢！」

待聽完大街上發生的事，娘兩個都不由得搖頭。「等著吧，這事很快就會傳開了，我看有這麼一個女人在，老三的官也只能當到這裡了。我就說嘛，一個庶女能有多大的見識，還不如她姨娘呢！」

這邊，水瑤也聽到李大傳來的消息，冷哼了一聲。

「這齊淑玉是不作不死啊，回去讓咱們的人儘快把她說過的話往外傳，還要加油添醋些，去吧！」

齊家那頭得知這個消息，連齊仲平都難得對自家寵妾發火了。

「都是妳教的好閨女！妳聽聽，大街上都怎麼傳的，都說我們齊家家教不堪，明天妳跟我去親家那邊瞧瞧，不管怎麼說，伸手不打笑臉人，妳自己教的好閨女，妳得過去道歉，別到時候曹家不給臉面，丟臉的是齊家……」

吃過午飯後，水瑤他們才結伴過去探望曹可盈。

小姑娘現在疼得一把鼻涕、一把眼淚，看到水瑤這丫頭，就好像看到仇人似的。

「妳是故意的，都是妳害我的！」

水瑤納悶了。「妳又沒跟我在一起，我怎麼故意了？現在哥哥姊姊都在這裡，妳讓大家評評理，如果我錯了，那我跟妳道歉。」

話剛說完，曹可盈就後悔了。她不傻，雖然不知道究竟是什麼原因，可母親話裡話外的意思她多少能聽明白，只是不知道這個水瑤為什麼沒受傷。

不過水瑤都問出這話了，她也不得不接著，不然大家會更懷疑她。

「妳、妳說那牛為什麼撞我，妳卻沒事？」

水瑤一聳肩，兩手一攤。「那妳得去問牛啊，我也不清楚，說不定是看妳長得漂亮才過去的，誰知道呢？」

曹燕琳也跟著道：「說的是，這事妳可怨不得妳姊姊，別說妳了，水瑤也被那牛好一頓折騰，幸虧她躲得及時，要不然今天躺在這裡的估計就是妳們姊妹兩個了！」

水瑤嘆口氣。「要說最可惡的就是那個把瘋牛趕到街上的人，妳說大過年的，那人弄隻瘋牛來幹麼？」

曹可盈嘟囔了一句。「或許那牛之前沒瘋，看到人多了才這樣，算我倒楣吧。」

倒不倒楣，恐怕只有彼此心知肚明。

水瑤也不打算多待，聊了兩句就跟著眾人離開了。

第六十二章

齊淑玉砸完東西氣消了，這屋子還得重新擺設。

不過問題來了，她派菊香去找柴秋桐領內宅東西，卻遭到了拒絕。

柴秋桐早就料到會有這一招，所以下午沒事就喊人過來整理帳務。過年開銷多，家裡雜事也多。

偏巧菊香就在這個時候來了。

「唉，菊香，不是我不答應，而是家裡的新規定，各屋的東西要自己管理，損失的東西，如果不是非常貴重，我們可以重新配給，但有個前提，次數不能超過三次，可你們今年好像領了很多次了吧？」

柴秋桐笑咪咪地開口。「這事妳回去告訴你們夫人，以後家裡除非是給各房的基本配給，其他損耗若是超過規定次數，都得各自添置。當然，這也不是針對你們家夫人，以後曹家每個人都要遵守。」

菊香垂頭喪氣地回來了。

「怎麼了？有人給妳氣受了？」

梅香還是頭一次見菊香這樣，齊淑玉也詫異地看向菊香。「怎麼了？問妳話呢！」

菊香哭喪著臉，把柴秋桐的話照實說了一遍。

「夫人，她們就是存心跟我們作對，以前大夫人掌家時怎麼就沒這樣？我看她們就是看我們三房不順眼！」

齊淑玉嘆口氣。「這家要變天了啊……算了，既然不給，妳們就先把屋裡的東西拿過來擺上，等過完年咱們再添置一些。」

她心裡會不明白嗎？可現在她不能再跳出來跟這個妯娌叫囂了，今天這事要是讓老夫人知道，又該挨訓了。

這時竹香進來稟報。「夫人，老夫人帶人去看小姐了。」

齊淑玉回過神。「老夫人來了？那我得過去看看。」

其實老夫人過來看孫女也是順便，主要是她有事要跟齊淑玉說。

見齊淑玉帶著人趕到屋裡，她開口道：「正好妳過來，我就不到妳的屋子去了。明天妳收拾一下，跟我去莊子上，我生病了，這媳婦們忙的忙、病的病，也只有妳閒著，就過去給我侍疾吧，預計明天下午出發，晚上就能到。」

齊淑玉愣住。「這個時候去？那可盈怎麼辦，這孩子傷還沒好呢！」

老夫人臉色一沈。「孩子這傷也不是什麼大事，再說妳能照顧她什麼？旁邊這麼多丫鬟、婆子，難道就不能照顧了？讓可盈先在家裡養幾天，等不疼了，就派人把她送到莊子上，在莊子上養病總比在家裡強，正好妳們娘兩個也能做個伴。好了，這事就這麼說定了。」

齊淑玉就是再不情願，可對上老夫人那審視的眼神以及身上散發出的威壓，後面的話愣是沒說出來。

「是……兒媳婦這就去準備。」她心裡也忐忑不安。

老夫人滿意的點點頭，回頭看向孫女。「可盈，祖母先去養病，等妳傷好一點就接妳過去，莊子上有趣的東西不少，比在家裡躺著要舒服多了。」

曹可盈乖巧地點頭。「那我就等著奶奶接我過去了，您也要專心養病，等我過去了再陪您一起去散步。」

曹可盈想到老夫人給的東西，對母親的離開也沒覺得不捨，反正很快就會見面了。

老夫人離開後，齊淑玉看著屋裡送來的一堆東西，嘆了口氣。

「娘，妳嘆啥氣啊？妳看祖母給了我一對手鐲，讓我戴著壓壓驚，這翠綠的顏色多好看啊！」

女兒對首飾的熱愛也不知道是隨了誰，怎麼這丫頭見到首飾，連她這個當娘的都忘在腦後了。

「娘明天就跟妳祖母到莊子去，妳在家裡要乖，奶娘說什麼要聽，我把梅香和竹香留下來，有什麼事妳就跟她們商量。」

對第二天一早就上門的齊仲平和齊淑玉姨娘，即便是曹振邦，也沒給他們多少好臉色。雖然還不至於撕破臉皮，但老夫人這次可沒少數落這個親家。不是有本事用當年她差點被玷污的事來要脅她嗎？這次她也可以用她閨女來要脅對方。

男人去書房談話，兩個女人話裡話外打著機鋒，恐怕也只有她們兩人能明白。

當齊淑玉她娘秦苗再次暗示當年的事情時，老夫人冷哼了一聲。

「妳就說吧，我這黃土都埋了半截的人還怕什麼？一沒對不起家人，二沒背叛丈夫，倒是有些人心裡齷齪，真以為自己拿了金剛鑽了。」

老夫人現在無比痛恨這個女人，就因為她的威脅，才讓兒子走到今天這尷尬的地步。

「妳不怕？」

老夫人斜睨了她一眼。「我也可以說妳是凶手啊，當年的事說不定就是妳設計的，妳就試看看，大家會關注我一個商戶婦人，還是妳一個官家姨娘？妳沒誠意就趕緊給我滾回去，真當我曹家是齊家？齊仲平慣著妳，老娘可不慣妳這臭毛病！」

曹雲傑在門外，就聽見堂堂的曹家老夫人竟然被齊家一個小妾威脅，越想越覺得嚥不下這口氣，走了進來，語氣也不客氣。「對，不會說人話就給我滾出曹家，一個姨娘還敢這麼囂張，真以為沒人管妳了？我娘的事不用妳來操心，我爹已經知道了，相反的，我爹心疼我娘，也痛恨妳這樣的人，妳現在立刻給我走人。」

曹雲傑的出現讓秦苗頓時一愣，如果連這事都威脅不了曹家老太太，那她真的是一點成算都沒有了。

她臉上頓時堆滿了笑。「親家母，瞧妳說的，剛才都是我跟妳開玩笑的，又不是什麼大事。其實我今天過來，就是為了孩子的事要給你們曹家賠禮的，都是我沒教好自己的女兒才給女婿造成了困擾，妳看看，我們家老爺一回來就發火，我這也是愛女心切才這樣，請妳多多見諒，咱們都是老朋友了，不至於這樣嘛！」

「哼，不至於這樣，妳能有今天？也不想想是誰幫的忙，我怕有些人轉頭就變成白眼狼了。親家母，道歉不道歉的也於事無補，不如好好教導妳那個好女兒，如果妳不行，我倒是不吝親自來教導。女人該說什麼、不該說什麼，連這點分寸都沒有，讓她坐這正室之位，我都替我兒子提心吊膽。

「我這身體也快不行了，說不定哪天就蹺了辮子，我這腿一蹬，妳閨女是好是壞我可就管不著了，妳自己琢磨琢磨。」老夫人揮揮手，已經沒有跟對方談下去的必要。「妳去看看妳閨女吧！」

秦苗訕訕地朝老夫人點點頭，出去看自己的女兒。

曹雲傑氣哼哼的朝秦苗出去的背影呸了一口。「什麼東西！齊仲平就這點本事，到曹家竟然帶一個姨娘來，還用這麼大的口氣跟您說話，真不知道他這官都是怎麼當的？這老貨也真是的，我就搞不懂這麼大年紀了，這齊仲平怎麼還這麼寵她？」

老夫人哼了一聲。「這女人自然有她的本事，否則這麼大的年紀，早該被那些年紀小的給擠下了。」

她總不能說秦苗在房事上讓齊仲平樂此不疲吧，這事跟兒子說好像也不適合。

她想起兒子剛才說的話。「那件事你真的跟你爹說了？」

曹雲傑嘿嘿笑。「娘，這事她還能跑到爹跟前問啊？況且妳那叫啥事啊，就算不說，當初那樣爹還會不知道？也就您傻，被這個臭女人給忽悠了。」

曹雲傑止住笑，又問：「您真的不需要我陪您去莊子？」

老夫人搖搖頭。「不用，你記住自己的使命就好。」

秦苗見到自己的女兒，先是劈頭蓋臉訓了一頓，可在看到外孫女的傷後，又心軟了。「娘，這事我也知道做得不妥，可妳看看孩子這樣，擱誰身上能受得了？她那個好爹不管自己的孩子，去管那些沒血緣的人，我能不發火嗎？」

看著女兒委屈的眼淚，秦苗嘆了口氣，拉過女兒的手。「妳都多大的人了，還讓娘豁出這張老臉去求妳婆婆原諒，那老傢伙倒好，一句好話都沒有。妳啊，以後在曹家也要小心點才是，娘以後要脅不了那老太婆了。對了，那瘋牛的事，妳給我好好說說，是不是妳幹的？」

曹家這前後態度截然相反，秦苗覺得不單單是因為女兒在大街上抱怨的話，總覺得裡面還有其他事。

當著自己親娘的面，齊淑玉也沒什麼好遮掩的。她點點頭，輕聲道：「我原本想讓那個大丫頭出事，只是沒想到卻害了自己的女兒。」

秦苗四處望望，還好，屋裡只有她們娘兩個。

「娘，妳別擔心，外面有我的人守著呢。」齊淑玉笑笑。

秦苗點點女兒的腦袋。「妳說妳這個不長腦子的，那麼大的事，曹家人能不懷疑嗎？娘也沒少教妳，妳怎麼就幹些不可靠的事，當初我是怎麼跟妳說的，妳都忘了？坐穩了這三夫人位置，即便是曹家人也奈何不了妳，可妳卻……」

秦苗長嘆一聲。「唉！妳何時才能讓娘省心啊？按理說娘這身分是進不了這個門的，要不是妳爹為了讓曹家平息怒火，強帶我出來……」

齊淑玉瞪大眼睛，不可思議地看著自家娘親。「娘，怎麼回事，爹不寵妳了？」

秦苗冷哼了一聲。「男人的寵愛能維持多久？要不是娘還有點看家本事，早就被哪個小妾給取代了，可即便是這樣，娘在齊家的地位也不如從前了，再加上妳弟弟整天不著調，最近又惹了禍，為了這事，妳爹好久沒去我那裡了，夫人對我就更甚了，天天拉我過去立規矩。

「為了妳弟弟，也為了娘，妳可得好好的，別再琢磨那些不可靠的事，即便現在他們沒抓到把柄，可夜路走多了，終究會遇到鬼……」

說到後來，秦苗都有些乏味了，可女兒又能聽進去多少？

齊淑玉撒嬌道：「娘，我知道錯了，以後肯定不會再犯，只要他們不抓到把柄，什麼事都沒有，妳就放心吧。」

水瑤聽說齊仲平帶著姨娘過來的事，冷哼了一聲。

「這人的腦袋長得跟正常人不一樣吧，一個姨娘就這麼光明正大地帶過來，嘖嘖，我真是想不出這齊家的主母會是什麼反應？這秦姨娘啊，估計以後的日子不好過了。」

「最好死了才大快人心，生的是什麼東西，一天到晚算計人，我就等著她蹬腿，我好放鞭炮呢！」徐倩對這娘兩個一點好感都沒有，那瘋牛的事她到現在都還心有餘悸。

水瑤一挑眉。「可不是？說來徐倩妳也好久沒跟馬鵬聚一聚了吧？之前還想著讓馬鵬進曹家，但發生這麼多事，曹家對人口的控管變得嚴格許多，看來最近是沒辦法了。妳今天就出去好好跟他聚一聚，晚上不用回來了，順便在外頭安排一下我娘出去住的事。」

徐倩開心地道：「小姐，妳這麼一個好主子，誰碰到誰幸運！」

水瑤笑笑。「這銀票妳拿著，一些給馬鵬他們用，其餘的看家裡需要添置什麼就看著買，讓徐五多安排一點人手找尋我舅舅的下落，對方遲遲沒有動靜，也不知道這葫蘆裡賣的是什麼藥？」

水瑤心繫自家舅舅，卻不知道舅舅正陷入水深火熱之中。

「主子，你說咱們當時順手抓的姓洛的到底是不是有寶物的人啊，怎麼這傢伙都拷問不出什麼東西來！」

戴著銀色面具的男人冷哼一聲。「繼續審問，還是不招就關著，反正目前我們也沒其他的線索。我直覺他是其中一個，要不然怎麼會跟楚家的人湊到一起？」

手下小心翼翼又問：「要不我們從他姊姊和外甥那裡下手？」

男人搖搖頭。「暫時先不用，既然知道他們在哪裡，咱們也不急著動手，反正他們也跑不了。楚家那頭怎麼樣？有消息沒？」

手下戰戰兢兢地回道：「還沒有，那老傢伙和小兔崽子也不知道躲到什麼地方去了，連他爹娘都不管了。」

男人冷哼了一聲。「那是你們笨，那老傢伙的獨生子在我們手裡，他怎麼可能不想辦法救人？想辦法把消息傳遞出去，你們這麼藏著掖著，他們上哪裡去知道，就更別說露面了。」

「我們就是怕出現上一次的情況，本來那麼高明的機關暗道，竟然讓對方給破了，連人影都不見……」手下道。

「那是因為你們蠢，好好的一座道觀就這麼毀了，這次動動腦子。下一個目標鎖定了嗎？」

第六十三章

說起下一個目標，手下一臉難色，囁嚅道：「找了那麼多家，沒一個符合的，也不知道這些後人究竟在哪裡？按理說據咱們得來的消息應該就在附近，可是該找的我們都找了，我懷疑這姓氏恐怕是改過了……」

男人猶豫了一下。「這個姓氏並不多，繼續找，我不相信會沒有後人。」

其實手下還想問藏寶地點在什麼地方，可沒人敢開這個口，主子不說，他們要是問出來，說不準那項上人頭就不知道埋在什麼地方了。

「都先下去做事吧，務必儘快找到下一個寶物的下落。」

手下陸陸續續離開，只有一個人磨磨蹭蹭的，等大家都走了，他才轉身又走回來。

男人看著他，嘴角彎彎，明顯對這個人的表現頗為滿意。

「主子，藏寶地點已經鎖定了幾個位置，手下的人正在逐一排查，應該很快就有消息了。」

男人讚許地點點頭。「幹得好，下去領賞吧，好好犒賞一下手下的兄弟們。」

大家都走了，站在男人左後方、一個上了年紀的男人張張嘴，像是想說什麼。

坐著的男人好像背後長了眼睛似的，笑了笑。「左護法有什麼要說的？」

那被稱做左護法的男人苦笑了一聲。「就這樣你都能知道，這本事無人能及啊！」

右護法也跟著感嘆。「主子就是主子，我們是望塵莫及。」

男人得意地笑笑。「說說看，你們是怎麼想的？」

左右護法走到前面，躬身見禮後才說出自己心裡的疑惑。

「主子，你說這曹家拿出來的傳家寶，有沒有可能是假的呢？這也給得太順利了，連血都沒見就到手，我怎麼想都覺得不對勁。就說之前那關在道觀的楚家老爺子，都是不見棺材不落淚，雖然曹家人不至於那樣，但也不會就這麼輕易將傳家寶交出去吧？」

右護法也跟著點頭。「這事我跟左護法也探討過，只是我們都沒見過這東西，實在無法判斷。」

男人冷笑了一聲。「別把曹家想得那麼忠誠，在他們眼裡，沒有什麼比命重要，也沒有什麼比他們自身的利益更重要。目前看他們交出來的東西，跟當年留下的圖紙是一樣的，至於是不是真的，到時候試試就知道了。」

右護法還是不甚理解。「主子，與其費勁找個兒找傳家寶，我們不如直接開挖得了，反正只要找到藏寶地點，還有什麼能難住咱們的？即便裡面有機關暗道，咱們也不怕，總比這樣耗下去，不知道什麼時候是個頭好吧？」

男人嘆了口氣。「你以為我不想啊？可據說從外面直接開挖，會觸動機關設置，整個藏寶洞會全部毀掉，裡面的財寶也會消失，這也是我費勁找傳家寶的原因。」

他沈默了一會兒，起身道：「走，咱們過去看看那幾個被關的人。」

主子都發話了，左右護法自然跟在身後。

到了關押洛玉璋和江子俊父母的地牢，面具男停下腳步，隔著門看到楚正鴻和妻子蕭映雪手腳戴著鐐銬，正坐在裡面下五子棋。

「哼，真是好雅致，楚正鴻，看來我這地方挺適合你養老的。」面具男哼笑。

楚正鴻冷哼了一聲。「如果你喜歡，以後我也給你準備這樣一間房子。怎麼，還沒得到你想要的東西？」

面具男哼了一聲。「如果我找到了，你們兩個就不會在這裡了。左護法，把楚夫人給我帶走。」

楚正鴻一聽急了，怒道：「你們想幹什麼，如果你們敢傷害我媳婦的話，我也不會獨活，沒了我們兩個做人質，你們就別想得到我們家的傳家寶！」

面具男皮笑肉不笑地道：「你放心吧，我就借令夫人一用，怎麼也得讓你兒子和老子知道你們在我手裡。你們要想出去，只有拿傳家寶來換，這個買賣挺划算的吧？反正那傳家寶對你們來說一點用處都沒有，可命就只有一條，我勸你們還是乖乖配合的好。」

左護法吩咐看守地牢的人打開門，他進去把蕭映雪拉出來。

楚正鴻還想反抗，不過招來的卻是一頓毒打。

「他爹，你別擔心，我去去就回……」蕭映雪也擔心自己的男人，怕他想不開。這裡的日子雖然苦，可夫妻倆好歹也能作伴，互相安慰，可要是她離開了，她擔心自家男人受不了。

「夫人……妳要好好的，無論如何都要活著……」

面具男不屑地看著被人打得蜷縮成一團的楚正鴻。「以後學乖點。」

面具男又來到洛玉璋所在的牢房，尤其是看到他人不人、鬼不鬼的樣子，心裡沒來由的一陣痛快。

裡面的男人長得再好又怎麼樣，現在不照樣是他的階下囚嗎？

「洛玉璋，這裡住得還挺好的？要不要把你的家人抓過來跟你一起做伴？」

洛玉璋緩緩抬起頭，打量起眼前這個戴銀色面具的男人。「你是什麼東西，竟然拿婦孺來威脅我，你他娘的根本就是個畜生，要殺要剮衝爺來就好！」

洛玉璋情緒有些激動，尤其是提到他的姊姊和外甥們。他死了沒關係，但是他們不能出事。

面具男冷笑一聲。「就憑你？還不夠爺一根手指頭戳。老實點，乖乖交代了吧，如果把東西交出來，我會立刻放你走，讓你跟你的親人團聚，不然的話……我正在考慮是拿你的姊姊還是雙胞胎，抑或是你那個大外甥女來跟你交換呢？」

「你……畜生！」洛玉璋氣得渾身發抖，一口痰朝面具男吐了過去。

面具男一閃身，那口痰直接落在右護法身上。

右護法大怒。「臭小子，不給你一點厲害，你根本不知道馬王爺長幾隻眼睛！」說完，他手裡的鞭子朝洛玉璋揮了過去。

「啪」一聲，長鞭甩在洛玉璋臉上，一道血痕立刻顯現。

洛玉璋只是悶哼一聲，並沒有叫出來。

「行了，再打下去，咱們還得花銀子給他治病，留著他還有大用處呢！」面具男懶懶道。

右護法悻悻然收起鞭子。「臭小子，再敢不敬，老子就廢了你一條腿！」

面具男打量著洛玉璋。「我勸你還是配合點，若真的讓我把你的外甥女給弄來，到時候你可別後悔。」

「你讓我交代什麼？我一個草民，家都沒了，能拿什麼東西給你？要是我真有你想要的東西，恐怕我早發財了。」一口氣說完這些，洛玉璋吐了一口血，喘了口粗氣。「拿不出來就是拿不出來，就算你找到我姊和我外甥，還是同樣的答案。」

說完他閉上眼睛，不再理會這幾個人。他已經對出去不抱任何希望了，他也不想牽連姊姊和外甥，全部事情由他一個人扛著吧。

現在他也暗自慶幸，當初把護身符給了外甥女，不然落到這些人手裡，恐怕天下要大亂了。

「嘴巴還挺硬的，沒事的時候讓兄弟多招呼他一下，我們走。」面具男沒有收穫，氣哼哼地帶著手下的人離開。

隔壁的楚正鴻朝這邊喊了一句。「兄弟，你沒事吧？」

洛玉璋有氣無力地道：「還死不了……這幫狗東西，不得好死……」

楚正鴻嘆口氣，隨即又恨恨的說道：「別讓老子出去，否則今天的仇我十倍還給他們！唉。也不知道咱們家裡的人怎麼樣了……」

楚正鴻的妻子被人抓走，心裡也是七上八下的，只有跟人說話，他才能不去想這件事。

「聽他們的意思，好像知道你姊姊和外甥們的下落？」

「是啊，所以我才犯愁，一個女人帶著孩子本來就不容易，也不知道他們找到我姊夫沒？」

隔壁的楚正鴻撇了一下嘴。「兄弟，不是我危言聳聽，你這個姊夫我看有些不可靠啊，你說過他許久沒回家，他不帶著媳婦和孩子在身邊，到底是怎麼想的？說起來還是我兒子能幹，沒想到這小傢伙竟然把我爹給救出去了，要是你那外甥女能像我兒子那樣，你也不用擔心了。」

洛玉璋嘆氣。「就算小姑娘再有本事，也無法跟你家孩子比，再說我那外甥女比你的兒子還小呢。我就是擔心，這孩子長得像我姊，沒想到漂亮也是件煩心事……」

楚正鴻眼睛頓時一亮。「你那外甥女真的長得那麼好？」

「可不是？我姊長得可好看了，我那外甥女會差到哪兒去？那孩子打小就懂事……唉，我都有些後悔了，當初怎麼就沒跟他們一起過來？」

楚正鴻笑了兩聲。「大兄弟，你看我有兒子，你有外甥女，咱們兩個又在這裡共患難，不如咱們倆做個親家怎麼樣？」

洛玉璋差點沒嚇得跳起來。「楚大哥，你這是開玩笑的吧？你們家什麼條件，我們家可配不上你們家，這事還是算了吧，況且我外甥女還有親爹呢，我這個舅舅怎麼能替她做這個主？」

楚正鴻笑道：「大兄弟，咱們倆也算是患難之交，我是擔心萬一咱們出不去，就算是到了地下，也能做個親戚不是？我跟你說，我兒子長得也好看，配你那外甥女肯定行，再說他們娘幾個就算找到你姊夫又能怎麼樣？如果這個男人變心了呢？家裡有三妻四妾呢？你外甥女要是跟了我兒子，以後至少還有個保障，我們家可沒有娶妾的先例，你不如考慮一下。」

其實楚正鴻會這麼厚著臉皮提議，也是因為他看這小子長得不賴，而且跟他相處了這麼久，這為人他也瞭解，想必跟他生活了這麼多年的外甥女也不至於差到哪裡去。

他得先做好準備，免得兒子在外面給他隨便找個亂七八糟的兒媳婦。

看洛玉璋沒吭聲，楚正鴻繼續說服。「都說娘親舅大，你姊夫指望不上，可不就指望你這個舅舅嗎？」

洛玉璋嘆口氣。「這事我不敢給你答覆，如果兩個孩子看對眼了，咱們再說，如果看不對眼，這事就作罷，畢竟這是一輩子的事，我可不想勉強孩子，再說以後的事誰說得準，還是以兩個孩子的意見為主吧。」他笑了笑。「如果咱們兩個能出去，那就讓孩子們見一面，你看怎麼樣？」

「成，咱們就說定了！」楚正鴻笑道。

這兩人在牢中不想法子逃出去，竟先給自家孩子相起親來，要是水瑤知道這事，肯定會搖頭。

「兄弟，你說這個戴面具的究竟是什麼人，這麼神秘？」楚正鴻好奇地問。

洛玉璋也不清楚。「誰知道呢，反正我是不認識，估計他的身分不能公開，所以才故弄玄虛吧？」

第六十四章

蕭映雪跟來之前一樣，被戴上眼罩，什麼都看不見。

她被人抬著走半天，接著就感覺身子在搖晃，雖然看不見，可她猜測自己現在應該是在船上，因為常年跟男人在外面跑，坐船是常事，海浪聲她還是能分辨得出來。

這次對方不知道要把她帶到什麼地方，希望兒子和公爹他們知道消息千萬別來，人家都布好天羅地網，就等著他們上當。

蕭映雪想的問題，對方也在思考，該把這個女人放在什麼地方，才能讓楚家人知道，還能保證人質不會像上次那樣被人劫走？

幾個人在房間裡密謀了半天，蕭映雪卻不知道這些人已經想出一個歹毒的主意，要將她兒子的人一網打盡。

另一頭，洛千雪搬出去的事已經準備得差不多，就搬到之前水瑤購置的房子。

曹雲鵬知道洛千雪住在這裡，這才放心。

他看雲崢和雲綺兩個孩子對娘親依依不捨的樣子，便道：「要不你們三個在這裡陪你們娘住兩天，兩天後爹再過來接你們，家裡那頭我會幫你們說一聲的。」

水瑤巴不得呢，在曹家想做什麼都會被限制，那還不如跟徐五他們在一起，有什麼事大家還能商量。

有孩子們在這裡，地方也熟悉，洛千雪沒覺得有什麼不適應，相反的，心裡還挺開心的。

「不好了，水瑤，快出來！」

這天，徐五急匆匆的走進來。

水瑤趕緊從廚房探出頭來。「瞧你慌張的，難不成出大事了？」

徐五眼神有些發狠。「江子俊他娘有消息了！告示欄還有城門口那邊都貼滿了尋找楚家少爺的告示，原來江子俊這傢伙不姓江，姓楚！」

「那有什麼，他們家那樣，你覺得他能用真名嗎？江子俊那邊打算怎麼辦？」水瑤能說什麼，江子俊並沒跟她多解釋，但她也知道，被人追殺還用真名，那可就是傻子。

徐五進了屋，一屁股坐了下來。「他能有什麼打算，他就是讓青影過來告訴我們一聲，他打算去救他娘。」

水瑤靠在桌邊，拄著下巴沒吱聲。

這才幾天的工夫，之前找了那麼久都無果，這江子俊的娘是從哪裡冒出來的？

「你趕緊去找江子俊，讓他先別急著救人，或許這是敵人的計策，目的就是誘捕他們全家人。另外跟他說一聲，以後有什麼事就到咱們另外一個據點，畢竟我爹知道我娘在這裡，我擔心曹家其他人也知道，害人之心不可有，防人之心不可無，尤其曹家這些人還捉摸不透，咱們儘量別洩漏江子俊的底細。

「還要問問下面的人，這幾天進城的人有沒有什麼奇怪的地方，畢竟他娘可不會憑空而降。」

徐五一拍腦門。「我怎麼一急就忘了這事，我現在就去！水瑤，妳得琢磨怎麼救江子俊他娘，只有救下他娘，我們才能知道妳舅舅的下落。」

「姊，明天咱們就要回去了，妳還不趕緊收拾東西啊？」

雲崢見自家姊姊坐著發呆，便提醒一句。其實他不想回去，可是爹都說了要接他們回去，兩頭他都捨不得。

水瑤回過神來，看了弟弟一眼，招招手。「雲崢，你們先回去，我還沒那麼快要回去。這趟回去，我打算再給你和雲綺配兩個護衛，一會兒姊帶你過去看看。」

關於護衛的事，徐五已經安排好了，她原以為很難安排人進曹家，誰知她爹竟然同意了。

其實曹雲鵬想的是，與其天天操心這個、操心那個，不如給他們滴水不漏的保護。

水瑤已經看過那些人，人都挺不錯的，不過她得問問看弟弟、妹妹的意見，若不合眼緣，以後也麻煩。

好在兩個小傢伙對身邊的人沒有多挑剔，看人不錯，都點頭同意了。

曹雲鵬得知水瑤要在洛千雪這邊多逗留兩天，沒別的意見，只讓她照顧好自己和她娘就行。

徐五一夜未歸，等雲綺他們走了，他才急匆匆地回來。

「快累死我了，幸好有妳提醒，要不然江子俊這傢伙真的要直接去救人了。對了，我讓人問了，還別說，真的有一輛可疑的馬車進城，他們去的地方，我已經派人監視了。」

水瑤招呼徐五過來吃飯。「你說的那輛馬車，是怎麼回事？」

徐五拿起筷子扒了幾口飯，吞下後才開口。「據說當時咱們的人聽到有人撞車廂的聲音，就那麼兩下，當時他們也沒在意，直到我問起才想起有那麼一樁事，正好有人看到這輛車駛進一處宅子，至於裡面是什麼人，沒人知道。」

水瑤略一思索。「那也不能證明他母親就藏在那輛馬車裡，總之，讓大夥兒眼睛都擦亮點。」

第二天，水瑤去了另外一個據點。

江子俊已經等候多時。「見妳一面可真不容易，到底是怎麼回事？」

「你娘的消息到底準不準，難道就不會是別人下的套？」水瑤問。

江子俊從懷裡拿出一對耳墜。「這對耳墜是對方派人拿給我的，這是我娘生日時，我用自己的零用錢買下，我娘一直戴著，從沒拿下來過。由此可知我娘肯定在對方手裡。」

水瑤沈吟道：「昨天晚上我們這邊倒是有消息，不過不確定你娘是不是就在他們看到的那個地方。」

徐五在一旁把他知道的跟江子俊說。「現在我的人已經安排在這宅子周圍，可咱們對這個對手知道得太少，根本就不清楚他們是什麼人、老巢在哪裡。」

水瑤此刻卻想到了另外一件事。「他們怎麼能確定在城裡貼個尋人啟事就能找到子俊哥呢？」

徐五一聳肩。「或許他們覺得江子俊就藏在這裡唄！雙方都在互相尋找，碰運氣而已。怎麼，妳還有別的想法？」

水瑤笑了一下。「既然他們能碰運氣，那不如咱們也碰碰運氣，他們能貼，為什麼咱們不能貼？」

徐五問道：「那咱們要寫什麼，總不會讓對方放了子俊他娘，這不是開玩笑嗎？人家這實力，根本就不受咱們威脅，碾壓咱們還差不多。」

徐五可沒有那麼盲目的自信，那些人能把江子俊的家弄散、霸佔財產，哪裡會是一般人？

水瑤好笑的看了徐五一眼。「你要真這麼寫，人家也不會理你。我看不如這樣，讓子俊哥見他娘一面，地點咱們選，如果真是他娘，那就提出交換，一併把他爹交換過來。」

這話一出口，江子俊不禁犯難，若是傳家寶能交出去，他早就交了，可他爺爺沒點頭啊。

「要不這樣，我先跟我爺爺通個氣，如果可以，咱們就這麼辦。」水瑤笑笑。「你不用擔心，那傳家寶讓人仿製出一個不就得了？他們就算知道這傳家寶長啥樣，也未必就知道這東西是真是假。」

徐五一拍手。「哈哈，不用找別人了，這事徐倩在行。子俊，要不你在一旁看著，讓徐倩給你弄個假的出來，不過前提是你得把真的拿出來才行，不然她也不會做。」

江子俊笑著搖頭。「其實我身上就戴了一塊，不過是仿製的，這是我們家出事之後，我爺爺找人做的，我不知道這個能不能瞞過對方。」

說罷他從懷裡掏出那塊玉珮遞給水瑤他們看。「我也不知道這東西究竟有什麼用處，更不知道這些人找到這個要怎麼做？」

水瑤和徐五一臉詫異地看向江子俊。「你都不知道這東西怎麼用？」

江子俊搖搖頭。「聽我爺爺說，祖上留下話，這東西也就只有某個皇族後裔才知道用處，其他人只負責保管，所以我才說這些人拿了東西豈不是白拿？除非他們知道怎麼用。我懷疑這其中出了叛徒，要不然這個秘密會被永久的保密下去。」

水瑤拿著玉珮打量，正因為是假的，她脖子上的護身符才沒什麼反應，不過這個玉珮倒是做得不錯。

「既然你手上有這東西，我估計他們手裡肯定也有這傳家寶的繪圖，你這個要是不差的話，應該可以蒙混過關，但是不能讓他們輕易得到，越是容易，他們就越是會疑心。總之先發消息出去，跟他們談判。」

徐五起身。「那還等什麼，我立刻去處理。」

江子俊朝徐五一抱拳。「感謝的話我就不多說了，咱們是一輩子的兄弟。」

徐五笑著擺擺手走了出去。

水瑤現在開始發愁了。「如果你父母救出來了，那我舅舅呢？他應該是跟你爹娘在一起才對，可對方怎麼不找我們呢？」

江子俊氣笑了。「不找妳還不好啊？那就說明妳舅舅不在他們手裡唄！」

見水瑤沈默，他問：「妳在想什麼？」

「沒什麼，就是覺得這事燒腦子，咱們連活著都難，這幫人竟然還想著什麼破寶藏，唉，要那麼多銀子幹麼？夠吃夠喝得了，多了也是擺設，除非這些人還有別的用處。」

江子俊和水瑤互看了一眼。「難不成……」

「噓，別說，我們寫下來。」

兩人蘸著茶杯裡的水，在桌面上各自寫下心裡所想的答案——造反。

看到彼此答案相同，兩人神色頓時凝重下來。

「如果是這樣，那就解釋得通了，可這麼大的事，皇家那邊怎麼都沒察覺？咱們又該怎麼辦？」江子俊沈吟道。

水瑤哼了一聲。

「能怎麼辦？我們的親人還沒下落呢，這也是我們的猜測，沒見到寶藏之前，我都認為是傳說，畢竟誰知道那下面埋的是什麼？」

江子俊點點頭。

第六十五章

徐五把消息發出去後，現在輪到對方犯難了。

「什麼意思，想見他娘？行啊，讓他見，到時候一併抓起來！」左護法不假思索地道。

右護法卻猶豫了。「這事是不是得跟主子說一聲啊？這地點、時間都是個問題，一旦對方也有準備呢？不怕一萬，就怕萬一，雖然楚家勢力不如從前，可瘦死的駱駝比馬大，保不齊重金之下有勇夫。」

還沒等他們商量出結果，面具男就過來了。

「你們看到對方給的訊息了吧？這次正好可以擒住他，咱們商量一下該怎麼做。」

右護法道：「主子，這事是不是要從長計議？如果對方沒把東西放在身上，咱們抓住了，還得去找那個老的，或許讓咱們也見見他手裡的寶物，這樣咱們也可以放心，要不咱們就這麼安排……」

水瑤他們雖然不知道對方會使出什麼歹毒的辦法，可這麼輕易就讓江子俊去見他娘，這事本身就值得琢磨。

「要不你躲在暗處，讓人扮成你的模樣過去，要是不確定，可以用你們母子彼此知道的事情來試探一下。」水瑤建議道。

徐五在一旁點頭。

「這個主意好，如果你被人抓去了，我們這些做兄弟的也不能不去救你，可是以我們的力量，根本不是人家的對手，為了咱們以後方便，你還是聽水瑤的。」

江子俊心裡也在掙扎，水瑤說的他都明白，可他好久沒見到母親了，真的很想念。看江子俊沈默不語，水瑤也能理解，她當初找爹娘時何嘗不是這樣？

「忍得了一時的思念，才能得到一世的團聚，在這件事情上，你得聽我們的安排。」

江子俊嘆口氣。「好吧，那你們打算派誰過去？」

徐五舉手，這裡也就他最適合，如果對方發起攻擊，他還能自保。

水瑤和江子俊一起反對，直接跟對方面對面的後果是什麼，不用想都能猜到，這事絕不能答應。

「那你們說怎麼辦？目前我覺得只有我去最適合，其他兄弟過去，一旦遇到偷襲，一點逃生的可能性都沒有。」

水瑤白了徐五一眼。「你忘了，對方的目的不是殺人，而是抓人，想把楚家的人都抓起來，這樣威脅老爺子就多了籌碼。總之你不行，這邊少不了你，咱們手裡不是有培訓好的人嗎？雖然算不上高手，但還不至於一點抵抗能力都沒有，另外咱們也要做防備啊，難道就許他們耍陰謀詭計，咱們就不能來個甕中捉鱉？」

徐五立刻來了興趣。「妳有什麼好主意，快說來聽聽。」

水瑤噗哧一聲笑了。

「我能有什麼好主意，咱們靠武力肯定不行，那就找竅門啊，只要咱們肯動腦子，沒有什麼想不到的辦法……」

水瑤的主意算不上多精妙，但即便對方武功高強，一對上她這東西也沒轍。

第二天一早，徐五就接到消息說抓到一個在門上貼紙條的人。

「這事我去處理，徐五，你暫時別露面。」

馬鵬把這事給攬下來，不過沒過多久，他人就回來了。

「唉，白高興一場，這孩子也是拿人錢財，替人辦事，至於對方是誰他並不知道，對方發來訊息，約好了時間和地點。」

看到紙上說的地點，水瑤不由得一愣。「這是什麼鬼地方，我怎麼沒聽說過？」

徐五冷哼了一聲。

「真夠難為他們的，竟然想到這麼一個地方，這地方人煙稀少不說，地方廣闊，最大的特點就是流經咱們益州的那條江就在這邊上……」

水瑤靜靜聽著徐五的描述，心裡卻有了思量。如果是這樣，對方沒有地方躲藏，唯一能依靠的就是船隻。

上次曹雲祖似乎也是在船上交換的，她可不認為只是為了避免他們設埋伏這麼簡單，如果兩件事連起來的話，恐怕她最初的判斷是真的——他們的據點很可能就藏在海上。

「水瑤，快回神，妳有什麼辦法啊，都這樣了，咱們也很難埋伏了，這不等著吃虧嗎？即便江子俊不去，咱們的人也會被抓的，這樣過去跟送死有什麼區別？」

水瑤以手扶額。「讓我好好想想，肯定有辦法的，萬事萬物都不會十全十美，肯定有什麼地方被我們忽略了。」

徐五看她喃喃自語的樣子，也不敢去打擾她，昨天晚上他們想出了那麼多的辦法，如今可都被這一條限制住了。

水瑤想了想說道：「快派人過去，或許他們是坐船過去，那咱們就想辦法讓船寸步難行，另外還要挖陷阱，讓咱們的人埋伏在這周圍，帶好乾糧和水，吃喝都在坑裡解決，派人幫忙做遮掩。走，咱們去原先那個屋子，江子俊恐怕已經得到消息了。」

兩人邊走邊商討，徐倩和馬鵬就跟在後面負責掩護和警戒，現在是非常時期，他們兩個不得不提高警戒。

江子俊老早就等在這裡了。「怎麼樣，你們看到消息沒？」

看水瑤他們兩人齊齊點頭，江子俊臉上頓時堆滿愁容。「這可如何是好，本來還想趁這個機會救出我娘，這樣也能知道其他人的下落。」

徐五拍拍他的肩膀。「你別急啊，他們選擇那個地方，肯定是覺得我們沒辦法了。我們想了點對策……」

聽完他們的主意，青影在一旁開口。「我們這邊的人負責岸上的，你們那邊就派些水性好的人過去，另外再配置火箭，這個我來負責，至於陷阱就要煩勞乞丐兄弟們，咱們兩邊互相配合，最好能救出夫人，我也已經發出消息，希望我們的後援能出手，這樣可以截住這些人。」

徐五點頭。「一會兒我讓人送些『特殊配料』過來，雖說你們的人功夫不錯，但是對付這些人不用講什麼江湖規矩，只要有效果，沒什麼不能用的手段。那我先去安排了。」

江子俊點點頭。「那咱們分頭準備。」

鑑於目前的情況，水瑤必須推遲回曹家的時間，她派人過去跟曹雲鵬說她要再多住幾天。

「水瑤，出什麼事情了？」這還是洛千雪頭一次關心水瑤身邊的事情。

對於母親的關心，水瑤心頭一暖。「娘，朋友的家人出事了，所以我得留在這裡幫點小忙，妳放心，我就是幫著出出主意。」

洛千雪忽然說了一句。「江子俊有幾天沒來了，是他家人出事了嗎？」

水瑤朝她娘伸出大拇指。「娘，看妳這模樣，這病應該是好得差不多了。這事我不瞞妳，但咱們娘倆知道就行，不能跟其他人說，就是曹家的人也不能說。」

她頓了頓，小聲道：「江子俊現在遇到大麻煩了，他爹娘都被人綁了去，所以我們得想辦法跟對方談判。」

洛千雪嚇了一跳。「這麼嚴重？我說這孩子怎麼這兩天都沒見到人影……唉，也難為這孩子了，娘沒什麼好主意，但娘知道妳聰明，肯定會有好法子，只是幫人歸幫人，可別連自己的命都不顧了。」

水瑤笑著點頭，看著沈靜的洛千雪，突然覺得讓娘這麼過日子也挺難受的，不如給她找點事情來做，這樣或許就不會無聊了。

「娘，要不妳做點買賣或是繡品吧？咱們不缺錢，就為了打發時間也好啊。」

她這一提議，立刻引起洛千雪的興趣，她眼中迸出光彩。「那娘能做什麼？我除了縫縫補補、讀書寫字，別的我也不會。」

說起讀書寫字，水瑤倒想起一個買賣。「娘，要不妳開間書鋪吧？我記得外公好像會造紙，不知道妳會不會？」

洛千雪立刻就來了興趣，臉上的笑容難以抑制。「對，我怎麼忘了，我主要賣紙，兼營賣書，這樣行吧？」

娘親那熱切的眼神讓水瑤感覺她好像立刻有了生氣一般。

「好，這事等我忙活完了就幫妳安排，妳這幾天先在家裡想一下該怎麼弄。」水瑤笑笑。

現在她得先把江子俊他們家的事解決了才行。

徐五沒回來，水瑤跟徐倩他們去了對手最早進入的那間宅子，邊看邊暗自琢磨，如果江子俊他娘被關在這裡，對方怎麼可能一點動靜都沒有？

「我懷疑這地方是不是咱們弄錯了？」徐倩納悶。「妳看這就是一戶人家啊。」

水瑤皺緊眉頭，從遠處觀察一會兒。院子裡的人四處忙碌，小孩子在院子裡歡聲笑語，大人還呵斥了兩聲，完全不像是作假。

徐倩一拍手。「這事有蹊蹺，要不我去試試吧？」

水瑤略一猶豫。「妳帶一個人過去，然後這樣……」

不久後，她就看到徐倩在那戶人家門口暈倒，一個叫小豆子的小兄弟趕緊去敲那戶人家的大門。

「快救人啊！我求你們了，快救救我姊姊！」

水瑤站在高處觀察院子裡人的反應，看他們起初有些猶豫，接著就衝了出去，這一切表現在她看來都很正常，剩下的事只能等徐倩他們出來再說。

她看到人被抬了進去，不過再一轉頭，這家人竟把徐倩放到車裡，也不知道他們是怎麼跟小豆子說的，就看小豆子急得直跳腳，好像在跟對方解釋什麼。

水瑤一看這情況，心道不好，隨即喊來身邊一個名喚崔武的人。「快，讓人去那家搜查！」

可惜就算水瑤這邊行動再快，依然快不過對方。很快的，有一輛馬車停在那家院子門口，隨即院子裡的男人將一個人扛上那馬車，遠遠的水瑤看不清楚那男人肩頭上扛的是什麼人。

她的心頓時沈了下來，難道那個人是江子俊的母親？

他們的人還沒到，那人已經迅速離開了。

水瑤只能在上面看對方駕著馬車消失在她的視線中。

這邊，徐倩被人抬上馬車後，聽到對方說要送她去醫館，她就裝不下去了，手裡的匕首立刻架在對方的脖子上。

「老實點，不然小命就沒了。」

男人聽到徐倩的聲音，人卻異常鎮定，好像架在脖子上的不是一把刀，而是一個玩具而已。

「姑娘，這東西很危險，不是妳能玩的，有什麼話咱們可以好好說嘛！妳說我好心好意的送妳去醫館，妳總不能恩將仇報吧？妳倒是說說，妳在我們家門口故意昏倒，究竟有何用意？」

徐倩被對方這麼一說，頓時愣住，這個男人的演技很好，裝得還真的很無辜。就在她一愣神的工夫，馬車突然一個急轉彎，她也沒注意，身體不受控制地撞向車廂，跟她一起上車的小豆子也是如此。

原本端坐的男人趁此刻衝了出去，接著一支袖箭打在馬屁股上，隨即馬車就像瘋了一般往前狂奔。

徐倩就算想跳出去，也不能不管馬車上的小兄弟。

「小豆子，抓穩了——」

第六十六章

她手中的匕首就像一支箭般，朝馬頭飛射過去，從左眼貫穿右眼，隨著匕首噹啷一聲掉在地上，瘋了的馬也隨即摔倒在地。

馬車裡的小豆子被甩出來，幸好徐倩及時抱住他，而驚馬這一幕也嚇壞路人，大家紛紛駐足往這邊看，卻沒人敢靠前，畢竟之前瘋牛的事還記憶猶新呢！

徐倩顧不上這些，放下小豆子囑咐道：「快找人回去幫忙。」

說罷她就順著男人離去的方向追過去。

這頭水瑤看著離開的馬車，站在原地乾著急，雖然她沒有辦法追上去，不過她派出去的崔武也看到馬車載著人離開，立刻像獵豹一樣追了過去。

兩條腿對上一輛馬車，這樣追下去也沒有結果。

她往下看，他們的人不知道從什麼地方冒出來，直接就衝進那家院子，她看了下帶頭的人，應該是馬鵬。

她得過去看看，這家人跟敵人是一夥的還是怎麼回事。

她到的時候，馬鵬他們已經審問出結果了，那家人還真的就是普通人家，周圍的鄰居都可以作證。

而那些人是最近租了他們家的房子，他們也不認識，之所以相處得其樂融融，那也是因為他們並不知道那些人是壞蛋。

「小姐，我們真的是冤枉的啊，早知道這樣我們就不租房子給他們了，誰能想到會出這樣的事情。」

水瑤仔細打量這一家人，點點頭。「我們的家人被人綁架了，我們也是著急，對不起了。我們能過去看看他們住的房間嗎？」

「可以、可以，我帶你們過去。」

房東領著水瑤他們幾人去了那三間租出去的屋子。

「他們來的時候也沒帶什麼，就是帶著的那個女人也病殃殃的，不怎麼說話，他們說她是啞巴，且這個女人自從來了就沒出過屋子，我們也無從知道。」

水瑤邊聽邊打量著屋子，擺設很簡單，屋裡沒桌子也沒凳子，一床被褥疊得整齊。

「這女人真是子俊他娘？她也真是的，怎麼不留點線索，至少讓咱們心裡有個底，好不容易找到，又失蹤了，下回咱們從哪兒找啊？」馬鵬不禁抱怨。

水瑤沈默，從牆面、地上挨一處仔細看一遍，雖然什麼都沒有，可她還是不死心，聽江子俊說他娘是一個能幹又聰明的女人，怎麼可能會不給兒子留下一點線索？

水瑤看到一個炕，眼睛登時一亮，一把掀起鋪在炕上的蓆子，兩行刻字頓時映入大家眼簾。

「啊，有字！」就連屋主都覺得不可思議，那個女人連走路都不能，怎麼會寫字呢？

見字，請告訴楚雲天，就說他爹和洛玉璋在海上，找到我兒子有重謝。

字寫得歪歪扭扭，想必也是沒找到適合的工具，不過水瑤也挺佩服江子俊他娘，竟然會想到在炕上留下訊息。

「馬鵬，子俊哥那頭由我來通知，你趕緊派人往城北方向追，他們的馬車往那邊走了，崔武已經追過去，可他一個人我不放心。」水瑤迅速道。

「行，我過去追，妳帶人回去找子俊，有事咱們再聯繫——」

說罷馬鵬就領著人出去了，水瑤又到那幾個人住的屋子裡看了一下，幾乎沒留下任何痕跡。

「行了，我們就不打擾了，以後遇到這樣的人家，有多遠你們就躲多遠，他們可不是什麼好人。」水瑤對屋主道。

屋主一家人恭敬地送走水瑤他們，等人走了，他們也差點嚇得腿軟。

誰能想到租客竟然是劫匪，那個他們嘴裡的女眷竟然還是人質？

這頭，江子俊知道消息後哪裡還坐得住，起身上馬就要追過去。

「記住，派你的人過去幫忙——」水瑤在後頭喊道。

她也不知道江子俊能不能聽進去，要說急她也著急，畢竟舅舅就在對方手裡，想來江子俊他娘留下這個訊息，也是要讓她兒子通知洛家的人吧，雙方聯手或許成算會更大一些。

可惜徐五已經帶人走了，她就算想找人商量也沒人。

「怎麼樣，找到人沒？」看到已經回來的徐倩，水瑤急切地問。

「唉，沒影了，那個人的速度很快，我追到城西那邊就追丟了，我只能先回來。小姐，我們下一步該怎麼辦？」

水瑤來回踱步。「江子俊他爹娘和我舅舅都被囚禁起來，我想下一步他們有可能會衝著我們娘幾個來，總之先保護我娘的安全。」

水瑤和徐倩帶著人忙活起來，而追蹤蕭映雪的崔武，最終也被人甩在城外。

他速度再快，終究沒辦法跟馬車比，只能望著遠去的車影興嘆。

這時他聽見後面的動靜，一回頭見到來人，開心地大喊道：「快快快，他們就在前面，快去追！」

原來是張龍得知消息後，就帶著自己的人先追出來。

這時崔武已經走不動了，乾脆就坐在路邊歇息，沒多久就見到江子俊也騎馬奔過來。

「哎哎哎，江少爺，我在這裡！」

江子俊雖然不知道崔武叫什麼，可他曾在徐五那裡見過他，便趕緊詢問情況。

「張龍已經帶人追出去了！」崔武道。

江子俊點點頭。「你趕緊回去告訴水瑤一聲，就說我和張龍去追了。」

接著他揚鞭打馬，人已經衝了出去，崔武還想跟著過去看看呢，可看這樣的情況，他只能自己一個人回去了。

「這人也真是的，就他一個人管啥用啊，還不如跟我回去呢。」

崔武這張嘴說話還真靈，江子俊追過去時遇到岔路，他不知道該朝哪個方向去，便選了一條馬蹄印較多的路追了過去，誰知半路就遇到了回來的張龍等人。

江子俊急切地問：「怎麼回來了？人呢？」

張龍苦笑了一聲，把手裡的字條遞給他。

「對方說，如果再追下去，他們不會保證你娘的安全，讓你記得約定就好。」

江子俊看了一眼紙條上的內容，心裡的火氣無處發洩，只能朝路邊的樹幹使勁捶著。

「走，我們先回去。」張龍道。

結果也正如水瑤所猜測的，看大家垂頭喪氣的樣子，她趕緊安慰道：「沒事，只要東西還在你手裡，他們就不敢輕舉妄動。張龍，他們走到什麼地方後就讓你回來？」

張龍嘆口氣。「快到江邊了，我們沒辦法才回來的，唉，真是憋屈。」

沒辦法，對方手裡有他們在乎的人。

「能出動軍隊就好了，這樣咱們也能一舉消滅他們。」張龍道。

水瑤無奈的嘆口氣。「咱們的勢力哪能調動軍隊啊。」

江子俊猶豫了一下。「水瑤，我還是想過去看看，反正坐在家裡，我也放心不下。」

水瑤能理解江子俊的心情，雖然不大贊同，可也沒阻攔。「這樣吧，你帶馬鵬他們幾個過去，你們走水路，多帶些油和漁網……」

聽完水瑤的解釋，江子俊臉上頓時漾起了開心的笑容。「妳這主意好，我們這就出發。」

水瑤帶著徐倩他們幾個留守大本營，在徐五他們沒回來之前，她是不會離開的。

還別說，對方真的沒有誠意跟江子俊交換人質，那用來交換的假女人一眼就被青影認出來了，還沒等徐五派的人往前走，他這頭就先示警。

好在他們也有準備一個假冒江子俊的人，青影一有動靜，對方立刻撲過來，目的就是要綁走那個假江子俊，好在這假冒的小兄弟身手還可以，躲過了對方的一擊。

青影他們跟對方打了起來，這時一艘船駛了過來。

「快住手，你們都仔細看清楚，這女人是誰！」

船頭赫然是被五花大綁的蕭映雪。

「夫人！」

「快住手，那是夫人，別傷了夫人！」

無奈之下，青影只能讓自己的人先住手，可是徐五卻不聽他的，他手下的人還潛在水裡呢，如果這個時候住手了，那水下的人勢必會被對方發現。

「看到沒，這就是你們想要的東西，你敢傷她試試，我立刻就把這玉珮摔碎，咱們誰也別想得到！」那個假冒江子俊的人掏出玉珮作勢要往石頭上摔。

他這個舉動，讓對方也犯難了。

他們等了這麼久，不就是為了對方手上這塊東西？

「頭兒，我們該怎麼辦？」手下朝船上問。

男人冷哼了一聲。「憑他們？一群烏合之眾而已，咱們最在行的是什麼？不就是殺人。我剛才看了，他們沒幾個人有好身手，即便是有，跟咱們也不能比，你們就衝過去殺了他們，把那個男的手上的玉珮給我搶過來。」

頭兒都發話了，這些黑衣蒙面人再次衝上前，這次青影他們不得不顧忌，畢竟他們家夫人還在對方手裡。

可徐五才不怕他們，就因為他知道後續的安排，此刻也放開了手腳。

「讓開！」

聽到徐五那中氣十足的喊聲，青影他們邊打邊退，很快就到徐五這邊。

這些殺手還以為對方怕了他們，一個個面露得意之色，拎著武器就衝了過來。

突然，空中炸開一種紅色的粉塵，那些殺手還想著是什麼迷藥，反正他們都蒙著面，只要沒吸到就不會有問題，可他們根本就不知道，這哪裡是什麼迷藥。

「我的眼睛！」

其中一人最先感受到這紅色煙霧的厲害，問題是這紅色煙霧彷彿連綿不絕般炸開，卻無人知道這東西從何而來。

不過他們也沒有多餘的精力去管這煙霧是怎麼回事，眼睛疼得連武器都快拿不住了。

第六十七章

「你們還等著幹麼，上啊！」徐五看青影他們發愣，趕緊推了他一把。「快，能殺一個是一個！」

船上人的注意力都被岸上的情況吸引過去。「他們用毒了？」

身邊人不確定地道：「好像不是。」

有人聞了聞空氣中傳來的氣味，不由得驚呼。「是辣椒！」

船上的男人要是再不知道這東西是什麼，那就真的該去自殺了。「連這東西都能用上，這些人真是……真是……」

說了兩句，他也沒找到適合的形容詞，這次他帶來的人不少，只是沒想到會出現這樣的狀況。

「快，讓他們回來，準備掉頭離開！」

男人話音剛落，就聽到周圍的人喊道：「船艙進水了！」

另一個手下跟著道：「不好了，頭兒你看，那邊有船過來了！」

正是黃昏接近黑夜時，江面上的船隻影影綽綽，看得不是很清楚，但是架不住數量多，雖然個頭不大，可也足以讓人心驚膽戰了。

住。

「快走！」

只要船一時半會兒沈不了，他們就有機會。

沒等岸上的人都回來，大船已經掉頭，可惜小船的速度比他們還快，前後都被小船給擋住。

「衝過去，快！」男人道。

船上沒受傷的人紛紛往下發暗器和毒藥，可惜小船上的人早有準備，在船擋住對方的去路之後，人已經紛紛跳進水裡，後面的船則乘機往船上潑油，很快的，大船後尾就起火燃燒。

雖然船著火了，可依然阻止不了這些殺手們的逃亡之路，前面的小船已經被大船給撞到一邊，此刻船帆也升了起來，大船的速度要比小船快了很多。

「射帆，追！」

江子俊一聲令下，馬鵬手裡的火箭咻地一聲射了出去。

船帆瞬間起火，大船上的人都慌了起來，在水上他們可施展不了拳腳，跟對方比起來，並未佔多大的優勢。

男人眼睛都紅了，任務沒完成，這一船的人都要搭上，就算是回去了，他也落不到好。

他緊緊盯著蕭映雪。「都是這個臭娘們害的！如果沒有她，今天咱們也不會受此大辱。他們不是想要人嗎？行，老子就送給他們，以後讓他們求著咱們。」

說罷他從懷裡摸出一個小瓶子，這還是護法臨走時給他的，為了以防萬一。

他拿出兩顆藥，扳開蕭映雪的嘴巴塞了進去，看到東西吞下去後，他才放開蕭映雪的嘴巴。

「夫人，回去告訴妳兒子，若是想要解藥，就拿東西來換，這東西只有我們有解藥，是什麼滋味，妳慢慢的體會吧！後面的人聽著，女人我還給你們，接住了——」說完他一腳把人踢了下去。

「娘！」江子俊撕心裂肺的聲音引起大船上的人注意。

大船上的人看見另一個人叫「娘」，頓時才發覺他們的伎倆。

「他娘的，竟然跟老子也玩這一套！」他們還想看看這裡面究竟哪一個才是正主子，可惜天色已經暗下來，根本就看不清楚。

而且船都著火了，現在當然是逃命要緊，他們只希望這次主子別怪罪，雖然人丟下去了，可至少也能讓對方的兒子親眼看到自己娘親被折磨的程度，或許換回傳家寶會更順利也說不定。

江子俊哪裡還顧得上去追人，猛地跳進江水裡，已經到船上的青影著急地大喊：「少爺，別著急啊，快上來！」

江子俊不管不顧，他娘被五花大綁扔進水裡，估計還被點了穴，不趕緊找到她的話，說不定就看不到明天的太陽了。

「快，船上有網，快幫忙撈人！」青影大喊。

他沒用過，不知道該怎麼操作，好在江子俊帶來幾個徐五的手下，這些人什麼都做過，撒網自然難不倒他們。

也幸好他們臨走時聽了水瑤的囑咐，多弄了幾副漁網來。

大夥兒手忙腳亂地在江面上點起火把，撒網的撒網，照明的照明，其餘人則幫忙江子俊找人。

江子俊在寒冷的江水裡反覆浮沈，都沒看到娘親的身影，心裡不由得著急。

「你們往下游撒網，快點！」

漁網一面面地撒，本來還滿懷期望的人在一次次落空後，心頓時沈了下來。

在水下待得越久，找到的希望就越渺茫，生還的可能也越小。

「大家都加把勁，回頭我請大夥兒喝酒吃肉，拜託大家了！」青影在船上朝眾人一抱拳，要不是他水性不好，早就下去救人了。

「有了！快拉——」

突然有個人在收網時感覺手裡的重量不同，在大家的幫助下，蕭映雪總算被拉出水面，不過此刻人已經昏迷不醒了。

「少爺，快上來，夫人找到了！」青影喊道。

江子俊一聽說他娘找到了，趕緊爬上來，江水冷得刺骨，加上北風一吹，都冷到心底去了。

現在他能體會水瑤為什麼怨氣沖天了，他這樣都覺得冷，當初雲綺和洛千雪掉進水裡，又是怎樣可怕的情景？

「夫人、夫人，您快醒醒啊！」青影喚道，可蕭映雪早就沒了知覺，哪裡會答應他？

「讓開，讓我來。」別人不懂，可江子俊明白，這事還是水瑤教他的，反正他們是母子，也沒什麼好避諱的，人命關天的大事，無須拘泥小節。

看江子俊詭異而奇怪的動作，其他人也沒搞清楚他在幹什麼，可練過功夫的人很快就明白這是怎麼一回事。

當蕭映雪咳嗽的聲音響起，船上的人一個個開心的歡呼起來。

青影陰沈的臉色也終於綻出笑容。「快，給少爺和夫人套上衣服。」

不僅是青影他們把自己身上的衣服脫下來，手下的幾個人都紛紛貢獻出自己的外衣，打著哆嗦的娘兩個總算是緩過勁來了。

「青叔，咱們趕緊離開這裡，找個地方讓我娘緩緩，她需要洗個熱水澡。」大冷的天，如果不趕緊換身乾衣服，早晚都會生病。

附近就是村莊，找戶人家並不難，不過他們這些人的出現，著實把人家給嚇了一跳。

幸而對方看他們一個個面色和善，且拿出來的銀兩也讓人心動，這才讓人進屋。

他們都是一些大男人，不大方便，青影便讓這家的農婦、閨女和兒媳婦協助他家夫人泡個澡，他們這些人則守在外面。

「啊！」

聽見屋裡傳出驚叫聲，青影都差點要衝進去了。

「怎麼了，出什麼事了？」雖然人沒進去，不過他的聲音卻焦躁而急切。

裡面的農婦抱歉道：「壯士，我家閨女膽子小，看見夫人身上到處都是傷，嚇了一跳。你們那邊有藥嗎？如果有，一會兒我們給她上個藥，我們家實在沒這東西。」

聞言，青影稍微放心一些，夫人在那個地方關著，沒有傷才奇怪，好在他們這些人身上都帶著傷藥，倒也不是什麼大事。

江子俊那邊也不放心自家娘親，迅速泡好澡後就穿上乾衣服跑了過來。

「青叔，我娘怎麼樣？」

看著頭髮還濕漉漉的少爺，青影拉過他，邊幫他擦乾頭髮邊解釋道：「她們在裡面給你娘上藥呢，唉，這次夫人和老爺吃了不少苦頭。」

江子俊後知後覺的問了一句。「徐五呢？我怎麼沒看到徐五，他帶著人去哪兒了？」

「他帶人追過去了，也不知道能不能追上，那船漏水又著火，我估計對方也跑不了多遠，還得換小船走，等問過夫人，咱們再琢磨下一步。如今夫人回來了，老爺也該快了。對了，不是不讓你跟過來，你怎麼還來了，竟然還坐船來？」

江子俊苦笑了一聲。「這還得感謝水瑤，要說起來，我們楚家欠她的人情可大了，如果不是她提醒我弄船、帶漁網，今天我們還難說呢！」

「壯士，夫人上好藥了，你們可以進去了。」農婦走出來道。

蕭映雪是醒了不假，可她看著兒子，淚水漣漣。

江子俊和青影剛開始還納悶呢，轉念一想便知道是怎麼回事了。

「是我大意了，夫人，對不起了。」青影伸手解開蕭映雪的穴道。

蕭映雪立刻抱著兒子，放聲痛哭。

「娘，別哭了，我們都好好的呢，妳能跟我們說說爹的情況，還有他們在哪裡嗎？」江子俊安慰道。

蕭映雪發洩完，這才擦擦眼淚，拉著兒子的胳膊急切道：「你爹他們應該是在島上，因為我聽到了海浪聲，可是我們進去和出來時都被蒙上眼睛。兒子，你得想辦法快救你爹出來……還有洛家的人，你也想辦法通知他們吧！」

江子俊摸摸娘親那蒼白而消瘦的臉，連顴骨都凸出來了，整個人好像是骨頭架子包著一張人皮，可即便是這樣，那也是自己的親娘，除了心疼還是心疼。

「娘，妳留在炕蓆下面的字我們都看到了。」

蕭映雪不可置信地瞪大眼，當時她也沒敢奢望有人能看到，沒想到……這個消息可大大出乎她的意料。

「夫人，來，喝點粥，目前您這身體還不能大補，暫時先吃些清粥吧。」手下的人把做好的飯菜給主母端過來。

蕭映雪是真的餓了，立刻狼吞虎嚥起來。

看著母親的模樣，江子俊不由得紅了眼眶。

吃過飯，蕭映雪才說出自己被餵了毒藥的事情。

「我要是有什麼異常，大概就是發作了，你們也別擔心，我估計他們肯定不會想要我的命，畢竟我可以威脅到你們，暫時別理會我，想辦法救出你爹就行。」

蕭映雪也真的累了，說了一會兒話就睡了過去。

這一夜，所有人都留在這個小村子裡，不過江子俊他們在救回蕭映雪後，卻又添了心思。

究竟是什麼樣的毒藥？這東西又會對母親的身體造成什麼影響？

另一頭，徐五看到大船沈下去之前，江面上又出現一艘船，正好把那些跳下去逃生的人一個個又救走了。

「他娘的，這些人都是從什麼地方冒出來的？馬上就要淹死，竟然還讓他們給逃走，白費老子一番心思了。」徐五沮喪得差點都想捶地，追了這麼久，還是讓對方逃走了。

「頭兒，他們應該是發信號通知的，你還記得剛才的煙花嗎？也許他們就是靠這個通知同夥過來接他們的，下一回咱們也可以試試用這個來互相傳信，對咱們也方便。」

徐五無奈的點點頭。「撤吧，下回卯足力氣再幹一場。兄弟們，今天這活幹得不錯，回去吃頓好酒好菜！」

徐五回去得比江子俊他們要晚一些，畢竟這個時候城門已經關了，他只得帶人在外面過夜，順便到山上那邊去看了下李豹。

得知徐五他們去追人，李豹還連連抱怨。

「你可真不夠意思，這麼大的事怎麼不喊上我們啊，我可以在這邊設一點埋伏啊。」

徐五拍拍他的肩頭。「下次吧，這次事情有些突然，不過你先把這裡給我看好了，今年可就指望你們了，好好幹，我走了。」

江子俊他們回來後，首先讓青影過來跟水瑤說明一下情況。

「人沒事吧？」

「不好說，聽說被餵了毒藥，至於後續還不知道是什麼情況。水瑤小姐，少爺說徐五去追人應該快回來了，估計沒什麼大礙，妳別擔心。」

兩人簡單聊了下蕭映雪的情況，青影就急匆匆地離開了。

水瑤也不知道江子俊是怎麼安排的，畢竟他們家的事情，她也不好多管，朋友歸朋友，管多了人家說不定會覺得煩。

「怎麼，徐五沒回來？」洛千雪見閨女蔫蔫的樣子，關心地問了一句。

水瑤嘆口氣。「估計快了。娘，回頭我再給妳安排兩個丫頭吧，正好可以跟妳做伴，出去了有人幫妳跑前跑後，有什麼事也能過去跟我們說一聲，這裡畢竟都是些男的，我怕有些事情妳不好意思跟他們說。」

洛千雪嘆口氣，點點頭。「也是，弄些咱們自己的人過來也方便些。」

第六十八章

第二天下午，徐五才回來，水瑤看他整個人風塵僕僕，本來想問的話也不好意思問了，趕緊吩咐人燒洗澡水，做飯給大家吃。

「唉，真憋屈，讓他們給跑了，下一回還不知道什麼時候能抓到，水瑤，我看他們來的方向是東南，下一步安排人往海上去，我就不信找不到他們的老窩！」徐五忿忿道。

水瑤笑笑。「這事不急，你們都先去洗一洗，吃飽再去休息一下，有什麼事情明天再說。」

徐五順便問了江子俊那邊的情況，得知救出他娘之後，興奮地一拍大腿。「我們的辛苦沒白費，回頭讓這小子請我們吃飯去！」

可還沒等江子俊請客吃飯，第二天就傳來蕭映雪毒發的事情，江子俊請了安老大夫過去看，不過老爺子對毒藥不是很在行，就算看過依然想不到解決辦法。

安老大夫心情鬱悶，只能找水瑤聊聊。

「……你是說渾身皮膚裂開冒血？」水瑤問。

安老大夫一臉愁色。「可不是？那可受老罪了，我聽說這孩子才把他娘救回來，那模樣連我這個老頭子看了都不忍心。這幫混帳東西，都弄的什麼藥啊，淨折騰人，子俊那孩子都快哭成淚人兒了。」

水瑤聽到這發作的症狀，不免吃驚，這毒她在前世聽說過，連那解藥藥方她也問過，那時就為了以後能自立自強，可惜都沒派上用場，反倒在這世全用上了。

「安老，青影那邊沒說是什麼毒？」

安老大夫搖搖頭。「這毒生生要折磨死人啊，我猜這發作時間是固定的，可即便是這樣也受不了啊！尤其是那個夫人，哎喲喂，都瘦成那樣了，再這麼折騰，估計這命就剩半條了。這事我還不能找別人說，不過他說妳這丫頭例外，這孩子對妳格外高看一眼，有點意思。」

安老大夫不忘調侃一句，可水瑤哪有心思跟他說這個，她在琢磨這藥方的事情，這解藥可不那麼好配製啊！

安老大夫離開後，水瑤坐在屋子裡一點一點回憶那個藥方，邊想邊拿筆記下來，這裡面其中幾味藥的名字古怪，但她知道這些東西是什麼，便重新謄抄了一份能看懂的藥方出來。

「馬鵬，你把這個藥方給江子俊他們送過去，按照這個方子弄藥，這東西專門治他娘的病，好不好用等治了再說。」

馬鵬拿了藥方就出去了，徐倩雖然不大明白，不過也聰明的沒開口問，反而問起另外的事。

「小姐，妳是不是該回去了？」

水瑤嘆口氣。「我是真的不大想回那個家，不過雲崢他們在，我也不得不回去了。」

她不放心母親，跟徐五和下面的兄弟再三確認過，讓徐五把照顧母親的人帶來，又叮囑了幾句，這才依依不捨的帶著徐倩回到曹家。

江子俊雖然拿到藥方，心裡還是有些猶豫，水瑤連他娘的面都沒見過，怎麼就能拿出這個藥方。

雖說水瑤懂一些醫術，不過也是跟安老大夫和杜家學的，他娘這毒非同小可，萬一弄錯豈不是更遭罪？

他剛想出去找水瑤詢問藥方的事，青影在這時走進來。

「少爺，老夫人來了。」

江子俊驚訝。「她老人家怎麼來了？」

「臭小子，我老人家怎麼就不能來，都出了這麼大的事情你也不跟家裡說一聲，幸好老婆子我感覺不對，要不然還不知道會被瞞多久呢！」江老太太一臉蒼白地被人扶進來。

「唉，幸虧我過來了，沒想到你們幾個竟然鬧出這麼大的動靜。」

江老太太也沒工夫跟他們寒暄，先過去看看蕭映雪。即便心裡有準備，可看到兒媳婦這樣，老太太還是忍不住拉著兒媳婦的手落淚。

「作孽啊，好好的人怎麼變成這樣，這得遭多大的罪啊，唉！」

江子俊在一旁也偷偷抹了一把眼淚。

「奶奶，我們該怎麼辦？對方逃走時給我娘餵了毒，您沒看到她毒發的樣子，那可真是生不如死，如果抓到那幫人，就算千刀萬剮都難以解恨。」

江老太太嘆口氣。「你爺爺那邊已經發出消息，估計很快就有人到海上去搜尋了，不過你娘這毒是個大問題。」

江子俊突然想起自己手上的這張藥方。「奶奶，這藥方是水瑤讓人送過來的，我還想找她問問，她沒見到我娘的情況，怎麼突然送來這藥方，我也不能保證有沒有效。」

江老太太眼睛一瞪。「那還等什麼？趕緊去準備啊，那孩子就是咱們家的福星，還有什麼可懷疑的。青影，按照藥方上寫的去抓藥。」

江子俊想想也是，水瑤要麼不吭聲，要麼一出手就是有把握。

「行，青叔，你去準備吧，越快越好。」

青影拿了藥方迅速離開，若能儘快找到藥物也能讓夫人早點擺脫痛苦。

看兒媳婦身上已經乾涸的血痕，江老太太直嘆氣。「這得多疼啊，這麼一個嬌嬌貴貴的人，愣是讓他們給折磨成這樣，你娘沒說你爹是什麼情況？」

江子俊把自己知道的跟老太太說了一遍，聽到兒子的消息，江老太太也是邊聽邊流淚。

「你外公那頭已經跟你爺爺他們會合了，如果不出意外，應該很快就會救出你父親的。」

另一頭，殺手們出師不利，讓左、右護法非常惱火。「都拉出去打二十大板！」

「算了，別打了，這事該怨咱們考慮不周，咱們也沒想到楚家還有這麼多人手，而且他們的準備簡直無懈可擊，即便咱們當時在場，恐怕也沒有更好的應對方法，好在餵了那個女人毒藥，也不算徹底失敗。今天大家都辛苦了，都下去好好的休息吧！」

主子今天這麼寬容，不禁讓這些殺手們感到意外，主子以前可不是這樣的，不過主子能開恩，他們不用受罪也是好事。

「這地方我看也快暴露了，你們說呢？」男人沈吟道。

左護法吃驚地看著自家主子。「不會吧，那女人一直蒙著眼睛。」

男人冷哼了一聲。「蒙著眼睛就沒長耳朵啊？再說對方看我方逃回來的方向，只要不傻，仔細分析自然就能猜出個大概，雖然這海上不大好找，可架不住人多，一旦對方把咱們包圍，還不如提前想好退路。

「你們都好好的琢磨琢磨，看搬到什麼地方適合，這個地方我實在是擔心，另外，洛家的事有結果了沒？」

右護法把調查來的資料遞給男人。「主子，從官府那邊追查，一直到他們的根，洛家似乎沒什麼問題，不過後期朝代更替，有些資料損毀，再往下就查不到了，目前來說看不出有什麼。」

左護法著急的說道：「那還等什麼？就殺了他唄！留著也是浪費咱們的糧食。」

男人搖搖頭。「暫時別殺，留著做誘餌吧！至於楚家那位，找個適當時機轉移到別處。」

右護法有些不捨，當初尋找、建造這個地方可費了不少功夫，如今要換地方，他心裡還真覺得可惜。

「主子，其實咱們島上的防守不錯，如果另一個地方不如這裡，還不如不換呢，反正他們一時半會兒也找不到。」

男人沈吟道：「我認為咱們不能冒這個險。對了，其他的寶物有進展沒？」

左、右護法都搖搖頭。「暫時沒有消息。主子，我懷疑當初我們想的六塊這個數目可能不對，咱們找了這麼久，怎麼都沒下落？」

男人嘴角的弧度上揚，明顯能看出現在心情不錯。「右護法還挺行的啊，還能想到這一層，厲害。其實只有五塊，那多出來的一塊是當初為了迷惑外人而謠傳出去的，咱們手裡有三塊，如果算上楚家的就是四塊，還差一塊。這事拖得越久，麻煩越多，總之要想辦法儘快找到另一塊，這樣離咱們開啟寶藏的日子就不遠了，只可惜這一塊咱們沒有圖，鑑別的事情只能靠你們了。至於那個蕭映雪，我懷疑她肯定被藏在益州城裡，楚家的人一定也在，你們繼續跟他們接觸，逼他們交出傳家寶。」

江子俊他們還不知道對方已經有了撤離的打算，這幾天每每見到自家娘親毒發的情景，他都想扯著自己的頭髮去撞牆，別說他了，就連江老太太看到都跟著落淚，可是目前只能忍耐，因為青影的藥還沒找全。

「雪啊，忍一忍，等青影把解藥弄回來就好了。」

蕭映雪咬著布巾，眼神中滿是祈求，江老太太怎會不明白兒媳婦眼裡所代表的意思？

「雪啊，妳千萬不能這麼想，子俊還小，都還沒成家立業呢，妳要是撒手了，妳說孩子要靠誰？況且正鴻還沒有消息呢，如果救出來了，妳要是有個三長兩短，他要怎麼活啊！」

蕭映雪的淚順著臉頰奔淌，只有她自己才知道這種疼是什麼滋味，讓她恨不得快點死去，死了就能解脫。

江子俊看藥熬好了，趕緊端過來。「娘，吃藥，吃完這藥睡著就不疼了。」

他也清楚一直喝這種藥對娘的身體並不好，可至少能稍微緩解娘的疼痛。

他也是沒辦法了，只能這麼做。

看著兒子那眼神，蕭映雪剛才想死的念頭又打消了。孩子還小，這兩年東奔西走就為了救他們，連孩子都沒了原本無憂無慮的樣子了。

喝下藥不久，蕭映雪就變得迷迷糊糊的，疼痛似乎也減輕了不少。

江子俊一邊給娘親擦著額頭上的血跡，一邊嘆氣。「奶奶，讓人給我娘擦擦身體吧，順便上點藥，老是這樣，這皮膚非潰爛不可，幸好現在天冷，如果是夏天，我娘估計得遭大罪了。」

江老太太立刻招來兩個侍女，她在一旁看著，江子俊則先退了出去。

他站在院子的樹下，使勁踢打著樹幹，彷彿藉此才能發洩內心的鬱悶和怒火。

「少爺。」

聽到這個聲音，江子俊猛地轉身。

「路伯伯，你怎麼來了？」

路霆楓一身風塵，看在江子俊眼裡，卻更加的親切。

他轉身撲到路霆楓的懷裡，開始哭泣。

「好了好了，伯伯就是送藥過來給你娘的，還有一味藥在路上，青影已經過去拿了，別擔心，你娘馬上就會好的。」

路霆楓拍拍懷裡的孩子，在心裡感嘆了一番。以前江子俊可是家裡人放在心尖上疼的孩子，如今家裡遭了大難，這孩子也跟著吃苦受罪。

「少爺，有消息了！」

手下送來徐五他們剛發現的消息，上面無非就是寫了讓江子俊用東西換藥換人。

「這算盤打得可真好。你爺爺說了，答應他們，反正咱們的人已經行動了，據我所知，已經有不少人往那個區域過去，一島的財富，我就不信有人不動心，那麼多人，我看他們怎麼應對。」

江子俊其實也有自己的擔憂。「路伯伯，如果他們把我爹轉移到別的地方該怎麼辦？我得趕緊跟他們做交易，換一個地方又不知道該從哪裡找了。」

「所以咱們要打亂他們的步驟，先派人給對方發消息吧。」路霆楓摟著江子俊的肩膀。「這藥你先收好，你娘呢？」

江子俊指指屋裡。「我奶奶她們在屋裡幫她擦身體呢，皮開肉綻的，遭老罪了。」

說完，他剛想派人傳遞消息給徐五，手下的人又進來了。「少爺，水瑤小姐送來的信。」

看完水瑤信裡的內容，江子俊眉頭不由皺了起來。

「怎麼了，出什麼事了？」路霆楓問。

江子俊把信遞給他。「這是水瑤給我的建議，我覺得可行，反正咱們家已經被人盯上了，那我不如跟他玩一把大的，反正他們也還沒找到他們要的東西，我看他們還怎麼弄。」

路霆楓猶豫了。「少爺，這事要三思啊，萬一你拿不出來怎麼辦？況且對方目前是什麼路數，咱們還不清楚。」

路霆楓不得不謹慎，畢竟這事牽涉甚廣。

江子俊搖搖頭。「路伯伯，其實我和水瑤猜測得差不多，怕是其他塊長什麼樣子連他們自己都不清楚，他們手上有多少我是不知道，其實這前人留下來的訊息沒提到過，六塊也未必就是正確的。」

路霆楓聞言，沈思了一會兒。「這話倒也是，我們之前根本就沒對這個寶藏存有什麼心思，幾塊對我們來說根本就不是個問題，看來這可以利用一下。」
江子俊點頭。「至於能不能開啟寶藏，那就不歸我管了。」

第六十九章

水瑤此刻在家裡暗暗祈禱，她希望這個辦法能對她舅舅有所幫助，至少讓這些人的目光從舅舅身上轉移，這樣江子俊也有足夠的籌碼跟對方談判。

「小姐，對方會不會上當呢？」徐倩問。

這事水瑤也不好說。「一半一半吧，江子俊手裡的東西，他們肯定想一探究竟，應該不會放過這麼好的機會。至於江子俊他爹，我懷疑如果對方放他回來，還會再下毒藥，至於是什麼毒也很難說。」

這次蕭映雪命好，那毒是她湊巧知道的，下一次她可不敢保證，想必對方也不可能再使同樣的毒。

江子俊這頭還真的按照水瑤的建議跟對方發出訊息，徐五見到還納悶，讓李大問問水瑤這究竟是怎麼回事。

「什麼怎麼回事，虛虛實實唄！讓他按照江子俊說的做，其他咱們暫時不用管，還有，這事別跟其他人說，咱們自己心裡明白就好。李叔，我娘那邊讓大家多關照一些，院子裡的防守不能鬆懈了。」

李大疑惑。「小姐，妳是說他們有可能會對夫人下手？」

水瑤點點頭。「我也是猜測而已，做好萬全準備總是好的。」

「行，那妳和雲崢還有雲綺都小心些，恐怕你們也是他們的目標。」

另一頭，江子俊放出的消息也讓對方震驚。

「你是說他們手裡有兩個傳家寶？」男人驚疑不定。

左護法點頭。「他們是這麼說的，目前咱們還不確定，但他手裡有楚家那塊是一定的。我真沒想到，楚家那邊竟然也有這樣的心思，我還以為他們最老實呢，敢情都藏著小心眼！也幸好咱們動作快，要是再像以前那樣，保不齊剩下的都讓他們給拿去了。」

右護法不大同意他這個觀點。「你以為他們有這麼大的本事找到這麼多啊，能找到兩塊已經算是他們幸運了。主子，接下來咱們該怎麼做？聽說有人放出消息，說是附近的海島藏有財寶，已經有不少人往海上來了，咱們得趕緊拿主意，現下可沒那麼多的人手來應付所有來探寶的人。」

男人猶豫了一下。「應該是楚家人把消息放出去的。這樣也好，島上加緊部署，抓不到他們，咱們也要了他們的命，至於楚家的條件，咱們答應，不過楚正鴻可不能讓他這麼輕易的離開，再下另一種毒，如果他們拿出的東西是假的，正好可以用這個來做要脅，如果東西是真的，再把兩人的解藥一併給他們。」

左護法在這時提議道：「主子，我跟右護法商量了一下，覺得這洛玉璋先不用當誘餌，暫時把他放到青岩寺，咱們這些人撤到益州據點那裡就行。」

男人點頭。「那就抓緊時間去辦，這次可不能再像上一次一樣，要確定拿到東西之後才能放人，我等著你們的好消息。」

剩下的兩塊傳家寶馬上就要到手，男人雖然戴著面具，可雀躍之情卻藏不住，他讓自己鎮定下來，寫了一封信遞給身邊的貼身護衛。

「趕緊送過去，讓父親也跟著開心一下，順便問下一步該怎麼辦，什麼時候能開啟寶藏？」

雙方接上消息後，江子俊這邊卻犯愁了，對方答應換人，可他目前不知道怎麼生出第二個寶物啊？

他想著既然這主意是水瑤出的，她肯定會有辦法，然而他還沒派人過去，馬鵬倒是先過來了。

「江少爺，這是我們家小姐給你的。」

看到馬鵬遞來的東西，江子俊都差點笑出聲，這個水瑤不僅是他們家的福星，還是他肚子裡的蛔蟲，他想什麼她都能知道。

「江少爺，我們家小姐說了，祝你馬到成功，另外希望你們這邊能協助救她舅舅。」

江子俊把這邊的安排跟馬鵬說了。「你回去告訴你們小姐一聲，我們會盡最大的努力去救人。」

手裡有東西了，他徹底放鬆下來，開心的跑到蕭映雪的房間。

「娘，您怎麼樣了？」

毒發時間雖然過了，可蕭映雪現在渾身都疼著，想拉兒子來坐下，一動就牽扯身上的皮膚跟著疼。

「娘沒事，你爹的事情怎麼樣了？」

蕭映雪連說話都是有氣無力的，即便江老太太和下人想盡辦法給她做好吃的補身體，可短時間來看根本就起不了什麼作用，就是身體強壯的人也受不住這三天兩頭的折騰，更何況是一個弱女子。

江子俊紅著眼睛點頭。「娘，您要挺住，青影馬上就會帶解藥回來了，您要等著爹呀。」

他不忍心看娘那痛苦的神色，就算他想代替也代替不了。

這時路霆楓走進來。「對方來信了，他們選了個時間，但沒給咱們地點，只讓咱們帶著東西到城門外等，到時候再通知我們。」

這情況可有些出乎江子俊的預料，沒想到對方會想到這個辦法，不過想想也是，上次對方吃了這麼大的虧，怎會不做防備？

「行，路伯伯你先去準備一下，我親自過去。」

「不行，如果你親自過去了，家裡這頭怎麼辦？我去吧，你爹我也認得，不是非得要你過去才行。」

路霆楓有他的考慮，老爺子家就這孩子一根獨苗，不能出現任何差錯，只能由他去。

「你在家裡守著你娘，等青影回來。這次他們未必真的就會把你爹給帶過來，咱們得做好兩手準備，我帶幾個人過去就行。」

江子俊還想堅持，卻讓路霆楓阻止了，語氣難得多了長輩的威嚴。

「聽我的，你奶奶和你娘都在這裡，你得守著她們，怎麼，你還不相信伯伯的功夫啊？我琢磨過了，人少也不是沒好處，至少逃命的時候方便，你去了，我還得擔心你呢，就這麼說定了。」

路霆楓可沒敢奢望這次過去能消滅對方，上一次吃了這麼大一個虧，對方還會再上當？想想都不大可能。

路霆楓離開後，江子俊讓人給徐五送了信，他手裡沒那麼多人，可怎麼也得保證這個伯伯的安全，別父親沒救出來，又損失他爺爺的一員大將。

這次對方倒是很聰明，連一面都不讓他們見，就站在塔上。

路霆楓他們必須仰望才能看到被捆住的楚正鴻，就吊在塔樓的窗外。

「老爺！」

楚正鴻根本就沒法回答下面的人。

路霆楓壓抑住內心的衝動，憤怒一指。「你們把我們家老爺怎麼了?!」

塔上的人冷笑一聲。「放心，死不了，把東西拿給我們看看，不然我可不敢保證你們家老爺會不會摔死。」

路霆楓身邊的兩個人立刻把手裡的東西高高舉起來。

上面的人拿手裡的圖對照一下。「沒錯，一個是一樣的，至於另外一個不大好說，畢竟咱們手裡沒有，要不就這樣？」

這時路霆楓問：「另一個洛家人呢？」

男人冷哼。「這不關你們的事，你們只要顧好楚正鴻就好！」

「不好，頭兒，下面有人跟上來了！」身邊的手下突然提醒。

男人朝下面看一眼。「楚家人，你們怎麼不講信用了？後面是什麼人，讓他們趕緊給我撤退，離開我們的視線範圍，不然你自己掂量著辦！」

路霆楓雖然納悶，可還是派人去查看一下。

徐五也沒想到，這些人眼睛會這麼尖。

「得，撤吧，我們就在不遠處，有事喊一聲。」徐五擺擺手。

上頭的人垂下一個籃子，路霆楓只得先將兩個傳家寶放進去。

籃子緩緩上升，接著楚正鴻就被人從上面直接扔下來。

幸好路霆楓他們有準備，要不然楚正鴻非摔死不可。

身邊的護衛們罵罵咧咧的，但還不能放鬆警戒，路霆楓全神戒備地盯著四周，一邊帶人撤退，一邊觀察周圍的情況。

不過那塔上的人根本就沒下來，對方搭起繩索，順著塔樓直接溜到了遠處，想追都沒地方追。

路霆楓和撤退到後方的徐五會合後，立刻道：「快，咱們回去。」

曹家大院裡，水瑤和徐倩也擔心外面的情況。

「也不知道江少爺他們能不能把人救回來，別東西都搭進去了，人還沒救回來，那咱們可就吃大虧了。」

徐倩並不知道江子俊手裡那塊也是假的，水瑤也沒說，只是嘆口氣。

「希望他們能成功，妳出去走一趟看看我娘，順便打聽一下江子俊那邊是什麼情況。」

水瑤現在有些猶豫，要不要求助曹雲鵬？不過走到半路她又踅回來了。

這事她沒法跟曹雲鵬細說，說多了她可就露餡，不要敵人沒抓到，反而讓內鬼對她產生警覺，尤其是曹家傳家寶的事，她總覺得透露出去的是曹家人，否則外人怎麼會知道？

「水瑤，妳要去哪裡？」

曹雲傑從外面回來就看到這個姪女在院子裡低著頭，也不知道在想什麼。

「二伯，你回來了？」水瑤一驚。

曹雲傑笑笑。「嚇到妳了？想什麼呢，這麼入神？」

水瑤笑著搖搖頭。「沒想什麼。祖母在莊子那邊還好吧？」曹雲傑去莊子探望正在戒毒的曹家老太太。

「唉，幸虧戒得早，要不然估計得受不少罪。丫頭，說來這事我還得謝謝妳。」曹雲傑感激地道。

水瑤看了一眼滿是笑意的曹雲傑，猶豫一下。「二伯，你們有沒有考慮要對付那幫抓走大伯的人？」

曹雲傑上下打量水瑤一番。「妳有他們的消息？」

水瑤笑笑。「其實我一直在懷疑，曹家是不是出了內鬼，否則對方怎麼知道那麼多曹家人才會知道的事呢？」

曹雲傑臉色頓時變得嚴肅起來。

「我也在懷疑這事，丫頭，我去找妳爹商量。妳先回去吧，外面挺冷的，別凍著了，沒事就過來找哥哥、姊姊玩。」

水瑤望著曹雲傑急匆匆遠去的身影，滿意地點點頭。要說起來，這個二伯挺上道的，而且也值得相信，她喜歡跟這樣的人打交道。

當曹雲傑來到官府，曹雲鵬聽到他說的，也是一愣。

「你的意思是說，我現在應該大張旗鼓的找這些人？」

曹雲傑拍拍弟弟的肩膀。「是這個道理，之前我就懷疑曹家出了內鬼，否則對方怎麼會知道得這麼詳細，連大哥回來的時間、路線都掌握得一清二楚，雖然這個內鬼咱們還不知道是誰，但這外面的事情不能不管，畢竟你也是父母官，只要在你的職責範圍之內處理即可，也可以堵住那些看你不順眼的人的嘴，你說呢？」

第七十章

曹雲鵬猶豫了一下。「二哥，這事你說得對，但有一個問題，我手裡可沒兵權，靠衙門裡的幾個人還真起不了多大的作用，不如這樣，我去求一下這裡的守軍，若他們能出面，這事還能好辦一些，我這就過去。」

水瑤聽到徐倩一大清早傳來的消息，不由得笑了。沒想到她爹還是行動派，這麼快就讓官兵出馬了。

「對了，江家那頭怎麼樣，人救回來了？」

徐倩嘆口氣，一臉惋惜地搖搖頭。「人是救回來了，不過妳舅舅卻沒見著。其實說是救回來，也沒比他娘好多少，他父親也中毒了，安老大夫被請過去看診，聽說也被折磨得不成樣子，就是不知道妳舅舅會是啥樣，希望官兵們能快點把他救出來。」

「他一個平頭百姓，究竟是招誰惹誰了？天降橫禍，我們家流年不利啊，這一齣接一齣的，也不知道什麼時候是個頭……」

其實水瑤還有另外一個隱憂，如果對方知道這些東西都是仿造的會怎麼樣？尤其是曹家那塊，都吸到護身符裡，她也沒辦法再生出來。

徐倩這思維挺跳躍的，剛說完江家的事，她就想到那個寶藏的事情。

「小姐，妳說那個什麼寶藏的到底在哪裡啊？他們總有個目標不是，如果能在他們去的路上設下埋伏，有沒有可能給他們來個一網打盡？」

她現在作夢都想為家人報仇呢，這些人不死，她心裡就不舒服。

「誰知道，這東西還真不好說，我看即便是那些後人也未必就明白吧，估計他們還有得找呢，算了，不想了。」

陪弟弟、妹妹吃完午飯後，水瑤就攆兩個孩子去午睡。

剛給兩個睡著的孩子掖好被子，徐倩就走進來。

水瑤看她一副有事要稟報的樣子，用手指了指外面。

待兩人出去後，水瑤這才開口。「怎麼了？」

「齊淑玉她爹來了，正在書房跟老爺說話。」徐倩道。

水瑤一皺眉頭，喃喃道：「這個齊仲平很少來的，他這個時候過來幹麼？」

突然，她想起昨天跟曹雲傑說的事，一拍腦袋。「沒想到這個齊仲平消息還挺靈通的，他十有八九是為了我爹讓官兵出去捉匪而來，我爹今天八成要挨訓了。」

徐倩不大明白。「這不是好事嗎？按理說他應該贊同才對，怎麼會反對？」

水瑤雖然不是很瞭解詳情，但多少也能明白齊仲平的心思。

「我爹要是安安穩穩地做他的官，肯定沒事，可他卻突然管起這閒事，既沒有公文，也沒上面的批示，只依靠傳聞就這麼貿然讓地方出兵，難保不會讓對手抓到把柄，估計齊仲平是為這個原因吧！」

其實水瑤猜的也只是其中一個，還有另外一個原因她不知道罷了。

書房裡，曹雲鵬可被這個老丈杆子給訓得差點都想找個地縫鑽進去了，連他娘都沒這麼訓過他。

「我告訴你，趕緊想辦法讓那些人回來，沒事則罷，出事你吃不了兜著走！你知道那些人是什麼人就敢讓官兵去圍剿？小心哪天自己腦袋掉了都不知道是誰幹的，這民不舉、官不究的，那地方到底關你什麼事？」

曹雲鵬把自己的理由說出來。

聽到他說的話，齊仲平冷笑一聲。「能放你們家人出來，那是人家給你面子，否則你以為呢？可你竟然不想著安分守己，反而去圍剿，簡直豈有此理！」

可今天曹雲鵬好像吃了秤砣似的，不管齊仲平怎麼勸，他還是那句話：這些人得圍剿。

最後齊仲平一拂袖，氣哼哼地離開了。這個女婿他是看走眼了，腦袋都是石頭做的，根本就不開竅。

曹雲鵬在書房裡也鬱悶了半天，他想不透岳父為什麼這麼反對，這事他也不是沒分析過，無論從哪一個角度來看，他派人出去圍剿都沒什麼錯。

這事他也問過他的師爺，也得到對方的讚許，怎麼事情到了齊仲平嘴裡，全都是他的不是呢？

「老爺，我們該走了。」手下說完又勸道：「其實您也別想了，齊大人說的也不全是對的，雖然我說不明白，但就是覺得您這事做得沒錯。」

對自己身邊人的力挺，曹雲鵬只是嘆了口氣，笑道：「也就你們不嫌棄我，唉，算了，想也想不明白，乾脆就不想了，走到哪兒算哪兒吧，最好他們在海上能有所收穫，要不然我也難受。」

剛出門，就碰到過來找他的老爺子。

「爹，您怎麼過來了？」老爺子很少到他這邊來，今天還真是夠巧的。

曹振邦瞪了他一眼。「我擔心我要是不來，你那個好岳父會把你給吃了！那老東西找你幹麼，我怎麼聽說你被訓了？」

自己的兒子他都沒捨得教訓，那老東西算什麼？就算那老東西當官又怎樣，在他眼裡，那也是個貪官。這個兒子好不容易找回來，人聽話，也不鬧騰，還有這麼大的出息，他引以為傲還來不及，那老東西憑啥教訓他兒子！

曹雲鵬苦笑一聲，把事情的原委說了一遍。

「那有什麼，你做得對，別聽他的，那個怕死鬼，恨不得好事都是他的，壞事都是別人的。爹雖然沒在官場上混，可爹也知道要按照自己的想法去做，出事了有爹幫你撐著！」

曹雲鵬還是頭一次見他爹這麼護短，他抱著老爺子的肩頭，親暱地道：「爹，有您這句話，我就啥都不用擔心了。」

水瑤這邊實在是等不及了，藉口要出去看洛千雪，其實是帶著徐倩去徐五那裡。

誰知這人也等不及，已經跟手下跑到海上去了，水瑤就算想跟他商量什麼也找不到人，不過馬鵬倒是有事跟她說。

「江少爺正想找妳呢，他爹是救回來了，可這毒沒人能解，他想問問妳有沒有辦法。聽說他娘的毒已經解了，所以他把希望都放在妳身上了。」

水瑤無奈地搖頭。「他娘的事也是碰巧。得，咱們還是走一趟，你通知他一下，相約老地方見。」

為了以防萬一，水瑤他們裝扮了一番才出去，正門還沒敢走，都是走後門。

江子俊看到水瑤第一眼，立刻激動地拉著她的手不停地說，希望水瑤能瞭解更多的情況，再給他弄個藥方解他爹身上的毒。

「也就是說，你娘現在已經好了，不發作了，身體在慢慢恢復當中，而你爹雖然昏睡不醒，可人還有呼吸，對吧？如果不醒的話，你爹或許會餓死，即便不會餓死，依照目前他身體的狀況，也撐不了多久，是吧？」

江子俊點點頭。「就是這樣。水瑤，妳說我爹這情況該怎麼辦，安老大夫都去看過，也問過了，都不知道這是什麼毒。我娘說，她走的時候爹還好好的，唯一的解釋就是對方為了以防萬一給我爹下了毒，可沒人知道這是什麼毒，就更無從解起了，所以我才急著找妳呢。」

這種毒水瑤之前可沒聽過，更別說是見過了，她坐在椅子上尋思了半天，記憶裡實在沒有相關線索，剛想搖頭，突然靈光一閃，還真的讓她想起一個人來。

她抬頭，看江子俊來回踱步，笑道：「你啊，別轉悠了，再轉我腦袋都快暈了，坐下來，我跟你說一件事。」

江子俊立刻坐下，滿懷希冀地看向水瑤。「妳想到辦法了？」

水瑤嘆口氣。「我是沒什麼辦法，但是我認識一個人，他曾經當作笑話說起了這個毒……」

她可不會跟江子俊說，她想起當初聽妓院裡某一位恩客無意中聊起，以及意外解毒的事，何況她也只知道這男人的長相特徵和所在的鏢局，並不知其名。

江子俊聽完她的敘述，像是想起什麼愣了一下，接著瞪大眼睛。「妳、妳確定？」

水瑤點點頭。「這個鏢局很好找，同行之間問一下就能知道，可這人在不在，還真的不好說。」

江子俊差點都想抱著水瑤親一口，不過倒是沒敢真的這麼做，只是使勁抱了她一下。

水瑤被江子俊的熱情嚇到了。「欸，禮數、禮數，你怎麼都忘了？」

江子俊拉著水瑤，開心地大笑。「水瑤啊水瑤，我都不知道該怎麼說了，妳簡直就是我們楚家的福星！對了，我忘了告訴妳，我的本名叫楚雲天，子俊是我的字，記住了，等到這事解決，我就可以換回我自己的名字了。」

水瑤嗔了他一眼。「不就是個名字嘛？不管字和名，那都是你。」

江子俊興奮地點點頭。「妳剛描述的那個人，我曾經見過，他是青影的師兄，他們兩人很熟，我這就讓青影去找他。好了，不跟妳說了，我爹的事情要緊，回頭再好好謝謝妳。」

看著江子俊匆匆跑出去，水瑤無奈地搖搖頭。

這傢伙今天也太熱情了，她都有些招架不住了，她摸摸有些發紅的臉，心裡暗罵自己沒出息。

既然他爹的事解決了，她得去關注海上的事情了。

她剛跟徐倩回到洛千雪那處，就聽到屋裡有人在說話。

水瑤一見到來人，驚道：「李豹？你怎麼過來了，山上不需要人了？」

李豹趕緊解釋。「怎麼可能，現在正忙著呢，我是在賣雞崽時碰到咱們的人，說島上已經打起來，至於什麼情況，他也不是很清楚，說是上島的人跟裡面的人交起手來，官兵也過去了，應該很快就會結束，他就是讓我告訴妳一聲，別擔心。」

說完，李豹也把最近的銷售情形跟水瑤彙報了一下。

水瑤聽完，不自覺歡喜。「行，這帳你們都記好了，年底給你們包一個大紅包！回頭我也會跟徐五商量一下，該給你們置辦點房產和地產，有這些東西在手，你們老了才有個養老的地方。」

聞言，李豹差點沒哭出來，他作夢都沒想到他們竟然還有這一天，平時工錢就沒少給，年底還給他們留一份，最後竟然還有這份大禮。

水瑤拍拍李豹的胳膊。「感謝的話就別說了，咱們都是兄弟。」

送走李豹，洛千雪就帶著小翠進來了。

「娘，您上哪兒去了？」

洛千雪臉上帶著笑。「我跟妳翠姨去看鋪面了，徐五讓人給我找個地方，我和妳翠姨看了一下，覺得還不錯，今天也順便把鋪面收拾出來。丫頭，娘這頭有事做了，妳是不是也該學點什麼，像是女工和讀書，妳總得學一樣吧？」

洛千雪擔心自己的事耽誤了閨女，之前她不大清楚，可是來到這裡後，她多少也明白，自家這個閨女好像不怎麼缺錢，既然不缺，那總可以學點女工，不能什麼事都指望下人吧？

水瑤靠在洛千雪身上撒嬌。「娘，這東西我也會啊，就是不精而已，我平時有跟下面的人學，妳就放心吧，雖然做得不怎麼好看，但至少能穿在身上，若妳還是擔心，等以後雲綺要學的時候，我一併學了。」

洛千雪笑了笑，隨即話題就轉到徐五他們身上來。

她表情嚴肅地看向水瑤。「丫頭，妳跟娘說，你們是不是有什麼事瞞著娘？我都好幾天沒看到江子俊了，還有徐五，整天忙得腳不沾地，這裡的人也好幾天都沒回來……」

水瑤肩頭一垮，撒嬌道：「娘，能有什麼事啊，估計是生意上的事情，以後妳自己做生意了，就會知道這裡面的門道多著呢！」

洛千雪雖然不大相信女兒說的話，可這孩子不願意說，她也不能硬逼，說來女兒會瞞著她，肯定是擔心她的身體。

話是這麼說的，可水瑤心裡卻忐忑不安。她不知道這事能瞞多久，舅舅能救回來則罷，要是救不回來，她還真不好交代。

第七十一章

好在兩天之後，消息就傳來了。

這次上島雖然有些傷亡，不過都是些聽聞島上有財富急於想占為己有的人，至於楚家那頭和官兵這邊都可以忽略不計。

「小姐，徐五讓妳趕緊過去，說妳舅舅雖然回來了，不過情況不大好。」李大著急地過來跟水瑤匯報。

聽到這消息，水瑤哪裡還坐得住，立刻帶著徐倩出發。

這次上島，江子俊特地點名讓之前那四個見過洛玉璋的兄弟一起跟去，畢竟他也不知道哪個是洛玉璋。

雖說水瑤一定認識，可一個女孩子跟他們去也不妥。

幸好這四人不負使命，把洛玉璋帶回來，只是雖然還活著，可情況並不好。

水瑤看到舅舅這模樣，不禁暗自慶幸當時她跟江子俊說了那藥方的事，如今她舅舅也面臨同樣的問題。

徐五他們不知道情況，看到水瑤來了，一個個耷拉著腦袋。他們幫忙把人給救出來，可看這副模樣，跟死了也沒差別，找安老大夫看過也沒辦法。

「馬鵬，你去找江子俊，看看他爹的藥方拿回來沒，如果有，讓他立刻給我舅舅也配一些，快去！」

水瑤的眼淚就像斷了線的珍珠，一顆顆從臉上滑落。記憶中，舅舅身體還不錯，人也帥氣、開朗，可看看現在，都快成紙片人了，整個人毫無生氣地躺在那裡，哪還有一點當年的影子？

「吩咐廚房弄點蔬菜粥出來。」水瑤道。

徐五在一旁搖頭嘆氣。「我們試過了，他吃不下去。」

「那就灌進去，就怕人還沒醒，反倒先被餓死。」

徐五擔憂地問：「妳娘那頭……要不要告訴她？」

水瑤猶豫了一下，點點頭。「這事我回頭會跟她說，先等解藥。」

洛玉璋的第一頓飯還是被水瑤他們幾人合力灌進腹中，也不知道那毒藥是怎麼回事，讓人連吞嚥的基本能力都失去。

「小姐，藥來了！」徐倩道。

水瑤也沒想到江子俊那頭動作這麼快。「快，趕緊熬藥！」

有徐五等人幫忙，水瑤不至於忙不過來，等藥灌進了洛玉璋的肚子裡，水瑤總算能鬆一口氣。

水瑤朝那四個兄弟一鞠躬。「各位，真的很感謝你們的幫忙。」

那四個兄弟趕緊拉起水瑤。

「別這樣，要不是當初遇到你們，我們兄弟四個還指不定怎麼著呢！況且跟著江少爺他們，我們也學了不少東西。」

水瑤問起他們以後的打算。

「在哪兒幹都行，我們商量好了，就跟著江少爺了，我們也沒那個做生意的頭腦，還不如跟江少爺一起呢，他也不會虧待我們兄弟。好了，既然妳舅舅沒事了，那我們就先走了。」

徐五看洛玉璋沒有醒來的跡象，不禁開始著急。「這藥都吃了，怎麼人還不醒？」

水瑤苦笑道：「你也太著急了，這藥只吃一、兩副是起不了多大的作用，先讓人給我舅舅梳洗一下吧！我去告訴我娘一聲，這邊就咱們的人知道就行，若再被跟蹤，如果沒有外面的力量，光憑咱們根本就對付不了他們。」

當洛千雪聽到弟弟出事，差點都嚇傻了，邊哭邊要往外面跑。

水瑤一把抱住她。「娘，妳別著急，妳要過去也行，但是得從後門走，免得被盯上。」

一旁的小翠著急道：「小姐，我得趕緊去照顧我們家少爺！」

水瑤神色嚴肅地叮囑。「娘、翠姨，帶妳們過去可以，但是記住了，到那個地方不能大聲哭，以免讓人懷疑，妳們兩個先跟我去裝扮一下。」

不是水瑤多心，她娘住在這裡，曹家的人或多或少都知道一些情況，她不敢保證所有人都是善意的，尤其舅舅才剛回來，這時候千萬不能再出事。

看到洛玉璋變成這副模樣，洛千雪和小翠就算再忍著，終究還是壓抑不住地哭出來。

「這到底是怎麼一回事，怎麼好好的人變成這樣了？玉璋，你快醒醒，我是姊姊，姊姊來看你了……」

在場的人見狀都忍不住心酸，水瑤走上前，拉了洛千雪她們坐下。

「娘，舅舅這情況已經很不錯了，只是要想清醒，還得再等幾天，妳們這幾日就留在這裡幫忙照顧舅舅吧，這事也別對外面的人說，除了咱們自己人。」

「到底是誰把妳舅舅害成這樣？」洛千雪一邊啜泣一邊問。

就連小翠都咬牙切齒。「妳說少爺好好的一個人怎麼就成這樣了？這得多大的仇恨啊！少爺一向與人交好，這是哪個天殺的，我咒他不得好死……」

水瑤將娘親和小翠安排好後，便和徐五帶著人離開。

「徐五，我有些擔心咱們住的那個地方。」

徐五詫異地看向水瑤。「怎麼，妳懷疑有人盯梢？」

水瑤嘆口氣。「這事我也難說，總覺得事情沒那麼簡單，也許下毒只是其中一個手段，恐怕他們是想摸清我們的住處……既然知道是我舅舅，那勢必知道我們這些人，我們當然就成了他們最好的跟蹤人選。」

徐五邊聽邊點頭。「我也覺得對方沒這麼蠢，那下一步我們該怎麼辦，總不能讓對方牽著咱們的鼻子走吧？人都救回來了，要不送到外地去？」

水瑤猶豫了一下，搖搖頭。「我娘不會同意的，而且也沒多大作用。讓咱們兄弟都警醒點，不管對方是什麼來頭，總有點蛛絲馬跡可循。」

水瑤換了衣服，又從正門出來，跟徐倩兩人趕緊往家裡趕。

馬車上，徐倩納悶。「小姐，妳有沒有感覺今天好像有些不大對勁，總覺得背後有雙眼睛在盯著咱們，也不知道是我多疑還是怎麼……」

水瑤從車窗的縫隙往外瞧，街上沒什麼人，不過遠處有一扇窗戶是開著的。

水瑤眼睛微眯，好一會兒才開口。

「李叔，你跟徐五說，找個穩妥的地方讓我們的人陸陸續續搬過去，順便通知江子俊那頭，就說咱們這地方有人在盯梢，他也要小心別讓人給盯上了。」

「好咧！」李大應道。

徐倩滿腹疑惑。「他們是怎麼找到這裡來的，難不成咱們出了內奸？」

水瑤搖搖頭。「難說，都有嫌疑，看來這幾天咱們得老實一些了。」

接下來幾天，水瑤哪裡都沒去。徐五那邊得到消息後，陸續讓重要的人全部離開，只留下幾個沒什麼事的人在院子裡，藉此引開對方的目光。

江子俊那邊得到消息後，按照徐五提供的新地點找了過去。

「我爹已經醒了，水瑤的舅舅怎麼樣？」
徐五點點頭。「也沒問題了。」
江子俊沈吟了一會兒道：「我這邊剛收到消息，這邊要來大人物了。」
徐五驚訝。「大人物？比知府老爺大一級還是兩級？」
江子俊拍了徐五腦袋一下。「你啊，能有點出息嗎？還大一、兩級，你可真能想，我告訴你，比皇上小一點的王爺，明白嗎？」
徐五不可思議的瞪大眼睛。「王爺？他到咱們這地方幹麼？」
江子俊搖搖頭。「不清楚，不過人已經在路上，只有到了才知道。唉，這都什麼事啊，王爺也跑過來湊熱鬧，難不成他們也是為了什麼寶藏而來？」
徐五切了一聲。「那寶藏沒親眼見到，我只當是個傳聞，再說，皇家還差那點錢？這都多少年過去了，他們想找早就找了吧？」
「也是。」江子俊點點頭。「回頭我會給水瑤發個消息過去，看她是什麼想法，經過這一次，他們手上沒了人質，咱們也沒什麼好顧忌的，或許也可以找找看那些寶藏。」
徐五苦惱地撓撓頭。「這上哪兒去找啊？離國這麼大，且咱們人手有限，總不能每個地方都去挖挖看吧？這跟大海撈針也沒啥區別。唉，有那傳家寶在手，也跟廢物差不多。」
「總歸這地方肯定是有人知道的，那前朝皇帝也不可能只圖個好玩，留給子孫的東西，總得給個口信或是地點，讓後代去找才能找到地方不是？」江子俊道。

這事徐五可不知，他不是那個皇上，也不是前朝後裔，這事誰也不敢保證，他只是想替水瑤他們討個公道。

水瑤這邊得知消息時已經是晚上了。

看著紙條上的內容，水瑤陷入沈思。

王爺要來？會是哪一個呢？

「小姐，這王爺造訪，難不成是為了寶藏？」徐倩問。

水瑤皺著眉搖搖頭。「不清楚，或許是，我倒希望朝廷能插手這事，至少能給咱們報仇。」

兩人心情都挺沈重的，不論是徐倩還是水瑤都跟這些人有仇，可到目前為止，她們還是不清楚對方的底細，說要報仇，談何容易？

「明天我去看我舅舅去。」水瑤道。

既然舅舅的情況已經逐漸好轉，那有些事的真相也到該解開的時候了。

另一頭，曹雲鵬還沒水瑤知道得早呢，他此刻才從岳父那邊得知王爺要來的消息。

「王爺要來？上面也沒告知啊？」

齊仲平對這個書呆子氣十足的女婿實在有些無語。

「這事還需要別人說啊，說不定王爺來就是暗訪呢！你趕緊讓下面的人去準備，王爺來了，即便沒通知，但你這做下屬的，還能一點準備都沒有？」

曹雲鵬木愣愣地被齊仲平給攆回來，招待他又不是不會，問題是他不明白王爺來了要做什麼？而且王爺這麼多，到底是哪個王爺？每個人的喜好不同，他也不能隨便準備吧？

水瑤根本不清楚她爹內心的糾結，舅舅的毒解了，這一夜她睡得比誰都香甜。

隔天早上，雲崢看水瑤帶著徐倩急匆匆地離開，連早飯都沒吃，不放心地追問一句。

「姊，妳要去哪裡？」

「我去看看娘，你們在家裡別亂跑，等我回來有事跟你們說。」

雲綺和雲崢揮揮小手，現在他們已經習慣姊姊動不動就出門，畢竟娘在外面，姊姊不放心出去看看也是正常的。

水瑤她們先換了一身裝束，才去洛玉璋那邊。

「舅舅？」

正在吃飯的洛玉璋看到門口出現的小身影，臉上不由得綻放一抹開心的笑。「水瑤？」即便是好久沒見到這個外甥女，洛玉璋還是能認出來，這孩子依然是當年那個靠在自己懷裡撒嬌的小丫頭。

水瑤撲了過來，抱著洛玉璋就開始哭，擔心了那麼久，前世今生再次相見，沒人能知道她此刻內心是什麼感受。

「好了好了，別哭了，舅舅這不是挺好的？」

水瑤抬起滿是淚水的臉，嬌嗔道：「舅舅，你不知道我都擔心你好久了。你還記得當初跟你同船的那哥四個嗎？」

第七十二章

別說是洛千雪，洛玉璋更是吃驚，他沒想到在那時自己就已經被這個孩子牽掛在心裡了。

「那這次的解救行動……」

水瑤笑笑。「我們一直在想辦法救你們出來，只是不知道你們被囚禁在什麼地方，直到蕭映雪被救出來之後，我們才確定大概的位置，也知道你和她相公在一起。也因為這一次動靜鬧得有些大，我們才有機會把你救出來，總之回來就好。對了，舅舅，有些事我一直沒弄清楚，這到底是怎麼回事啊？」

洛玉璋看了水瑤一眼，然後再看看洛千雪。

「姊，妳先出去幫我們守著門。」

洛千雪雖然也想知道弟弟要說什麼，不過看洛玉璋和水瑤這眼神，都不贊同她留下來，只能乖乖出去給兩人守門了。

其實她自己也清楚，她沒那個能力幫弟弟，也沒有能力保護孩子，那還不如不知道。

洛玉璋讓水瑤坐在他身邊。

「丫頭，妳那護身符還在嗎？」

水瑤點點頭，把脖子上的護身符拿下來遞給他。

洛玉璋撫摸著手裡的東西，沈默了半晌才開口。

「水瑤，接下來我要說的事情，只能妳一個人知道，即便是妳的朋友，也都暫時還不能說，因為我們的身分比他們還特殊。」

洛玉璋頓了頓，才繼續道：「洛家以前並不是姓洛，我們本姓軒轅。」

聽到這個姓氏，水瑤就算再無知，也被驚呆了。

「軒轅？那不是前朝皇族的姓氏嗎？」

洛玉璋點點頭。

「是，我們是皇族後裔，至於妳手裡這東西，也是祖上傳下來的，當初老祖宗是什麼意思，恐怕妳也明白，就怕有一天出現差頭，這樣咱們可以幫上一把。

「可惜後來的事不用我說妳也知道，前朝滅亡，就留下咱們這一脈，不過依照妳太姥爺的意思是，咱們就踏踏實實的過日子，那些前塵往事跟咱們都沒關係，妳外公也是這麼想的，所以自始至終，他都沒有跟我說過這事，也是到後來，他才說出這東西的來歷。

「外人不知道咱們手裡這東西的特殊存在，雖然外界傳言是六個，實際上卻只有五個。其實這東西還有一個妙用，只要找到另外兩個，加上咱們這個也能開啟寶藏，只是祖上一直沒解開怎麼使用的謎底，後來乾脆打消了這心思，把它當作是一般的護身符。」

看洛玉璋說得有些喘，水瑤趕緊倒了杯水給他。「舅舅，不急，你慢慢說，反正我們有的是時間。」

待他喝了些水，水瑤才開口。「舅舅，我還有一事不大明白——其他人知不知道咱們的存在？那些人又是怎麼抓到你的？」

洛玉璋苦笑了一聲。「妳舅舅我也是趕上這倒楣點，當初祖宗不斷變換居住地，連姓名都變了，他們根本就查不到任何消息，我是剛好被他們抓到，這才引起他們的懷疑。至於咱們這一脈，外人不知道，就連當初的皇族後裔也不清楚，因為自始至終咱們就沒入過軒轅家的族譜。

「咱們的祖宗是流落在外面的皇子，這個妳明白吧？這也是當初皇上給這個孩子的保障，算是給子孫留條後路，不過世事變幻……」

兩人在屋裡談了許久，直到洛千雪的敲門聲傳來，兩人才停下。

洛玉璋看到姊姊，眼神不免多了些疼惜，要是外甥女不說，他哪會知道姊姊他們竟還遭受那麼多的委屈和變故。

「姊，如果水瑤不跟我說，妳是不是打算瞞我一輩子啊？」

面對弟弟，洛千雪不好意思地笑了一下。「姊已經這樣了，讓你知道也於事無補，幹麼還讓你再替我擔心？姊都不愁了，你也別跟著發愁，只要咱們一家人在一起，想怎麼過都行，以前沒錢的時候，咱們不也過得好好的？我不敢說你外甥女有什麼大本事，但讓咱們一家吃飽飯絕對不成問題。再說，姊還打算開間鋪子，等你身體好了，咱們姊弟倆一起經營，不說掙大錢，至少重振洛家，你說是不是？」
洛玉璋笑道：「好話壞話都讓妳說完了，得，我啥也不說了，不過以後妳有什麼事情，可不能再瞞著我了，好歹我是妳弟弟，妳不靠我還能指望誰？」
說到這，他想起曹雲鵬，怒道：「就那個曹雲鵬，想想我都來氣，發達了，還學會休妻了，我真看不起他這種男人！」
當著外甥女的面，洛玉璋也直言不諱，那個男人連老婆和孩子都護不住，要不是外甥女福大命大，他們這一家人想團聚，怕是比登天還難。
水瑤還有不解的地方，吃過飯後又抓緊時間開口問。
洛玉璋道：「祖上只說過那寶藏也許在二龍山，聽說是當初的龍脈所在地，至於詳細在什麼地方，我真的不清楚，畢竟咱們沒想過那寶藏的事，也就沒去找。」
「二龍山？」水瑤皺起眉。
洛玉璋解釋道：「這名字是祖宗取的，至於外面怎麼稱呼這地方，那可就不好說了。滄海桑田，都過去這麼久，估計早就物是人非了。」
水瑤又追問了其他消息，像是這傳家寶的持有人。
洛玉璋撓撓頭，說起相關家族的姓氏，最後提到一個「母」姓，水瑤頓覺奇怪，怎麼會有人姓「母」呢？
忽然，她靈光一閃，也不知是直覺還是冥冥中的指引，她覺得這「母」就是「穆」，而那姓「穆」的人家，她恰好就認識那麼一家。

「舅舅，我或許知道你說的最後那一個在哪裡了，這事先不急，回頭我就去找人問問，這東西在咱們手裡，比在他們手裡要強，我拿著至少大家都能安心，若讓他們查出來，遭殃的就是那家了。」

洛玉璋看著外甥女，覺得她真的長大、懂事了許多，忽然，他想起跟楚正鴻在地牢裡的約定，也不知道這楚家的小子長得如何，如果配不上他的外甥女，這門親事他可萬萬不能答應。

不過這事他沒敢還在這時候說，其一外頭情勢不穩，其二是楚家那頭還不知道怎麼樣了，人家也還沒見過他的外甥女，這事還兩說呢。

「水瑤，楚大哥夫妻倆都沒什麼事了吧？」

這是洛玉璋最想知道的情況，他姊姊在這裡對他是關照有加，可對外面的情況卻是一無所知。

水瑤一邊喝水，一邊點頭。「兩個人的毒都解了，藥方是江子俊幫忙要回來的——江子俊就是楚家那位少爺。」

洛玉璋聽了不禁傻眼，自己的外甥女什麼時候跟楚家的男孩混到一塊兒了？

他眼神裡的詫異，水瑤怎麼可能看不出來？

「舅舅，我跟江子俊……就是那個楚家少爺楚雲天很早就認識了，當初我流落在鄉下時我們兩個互相幫助，慢慢變成了朋友，之後我們兩個就一起做起生意，啊，還有一個朋友，他是地主家的小少爺，改天有機會再介紹你們認識。」

說完，水瑤笑了笑。「好了，這些都不是重點，倒是舅舅等身體好了，有什麼打算？」

「我要報仇。」洛玉璋冷哼了一聲。「把我折磨成這樣，我總得找人算帳吧？

「雖然不知道對方是誰，但是還有楚家，既然妳跟楚家那小子是朋友，妳舅舅我跟他們家的人也是朋友，咱們就能聯手，總不能讓他們天天惦記著咱們，連個清靜日子都過不了，只有找出對方，咱們以後才能安穩地過自己的日子。」

水瑤一臉愁色。

「但目前我們還不知道他們是什麼來歷呢！幸好你和江子俊他爹都被救出來了，這事要是有你們參與，也不會太難辦，至少你們跟他們打過交道，也知道他們的路數，怎麼著也見過那裡人的長相吧？」

洛玉璋皺了一下眉頭。「說實話，我們都沒見過他們頭兒的真實模樣，他總是戴著一副面具，不過我聽過他的聲音，另外那裡的左、右護法，還有裡面看守我們的人我也見過，只要能讓我們找到他們，那個頭兒就不難找。」

「要不這樣，等舅舅你身體好一些後，咱們再過去探望江子俊他爹，有什麼事大家坐下來談才方便，你現在首要的任務就是養好身體，只有身體康復了，才有足夠的底氣去報仇。」

水瑤看向洛千雪。「娘，妳就跟翠姨留在這裡照顧舅舅，有什麼需要的就讓身邊的人去買。好了，我先走了。」

看著女兒離去的背影，洛千雪搖搖頭，而洛玉璋更是有些失神。

如果沒有這個外甥女，他不知道自己還會不會有重見天日的這一天？

想到此，他苦笑了一聲。

「姊，咱們水瑤年紀也不大啊，這孩子怎麼就這麼堅強呢？」

洛千雪嘆口氣。「那也是被逼的，我們做父母的沒給她一個安穩的環境，更沒法保證他們的生活，她不逼著自己長大，還能指望誰？尤其雲崢還那樣……唉，你是沒見到雲崢，那才是遭了大罪，我們這些跟雲崢比起來都不算什麼。」

洛玉璋的眼神閃了閃，心裡暗道：*真當他們洛家沒人了？就這麼對待他們娘幾個，這事以前他不知道，現在知道了，這筆帳就先記著。*

水瑤帶著徐倩回到之前住的院子裡，今天晚上她不打算回曹家，因為明天她得到梨樹溝走一趟，不管這穆家是不是，這事她最好問清楚。

晚上，徐五也回到了這裡，兩人都在這個大院裡住著，給那些偷偷觀察他們的人一個錯覺，那就是洛千雪一直住在裡面，至於洛玉璋在不在，只要洛千雪在，早晚這兩個人都會見面的。

不得不說這是一個美麗的誤會，水瑤先跟徐五說了一下她的判斷，讓他派人觀察一下這周圍究竟是哪裡藏了對方的密探。

至於去梨樹溝的事，她沒跟徐五說，畢竟她也沒底。

而此刻，梨樹溝的穆家人也在唸叨著水瑤。

「唉，那孩子真是咱們要等的人？可怎麼到現在都還沒動靜啊，真是搞不明白了。」穆向東嘆口氣。「當初我也是拿那本書做引子，可那孩子好像無動於衷啊！大伯，要不再等等看吧，若真是咱們要等的人，肯定會打出暗號的。」

村長嘆了口氣。「等了那麼多代，早點把這東西交出去，咱們也算是了卻這樁心事，不然總覺得對不起先祖。向東，村裡就數你功夫最高，你得將那東西看好了，那東西都傳了多少代了，千萬不能在咱們手裡出事，聽說外面因為傳家寶的事鬧得挺亂的，希望他們別找到這裡。」

這兩人擔心的事情還沒發生，隔天水瑤就帶著徐倩偷偷來了。

再次見到水瑤，穆向東歡喜得差點都想跟水瑤來個大擁抱，之前是懷疑，這次小姑娘再次造訪，會不會是過來跟他們相認的呢？

看到穆向東，水瑤沒開口，想著舅舅跟她說過的事。

她先深深一鞠躬，接著繞著穆向東左右各轉了三圈，最後再一叩首，嘴裡輕輕吟道：

「一別一相見，須臾老此生。」

這舉動別人不明白，可穆向東比誰都清楚，這三圈代表他們兩個目前都安全，暗語說得也對，至於這叩首，恐怕是對他們這些後人的感謝吧！

穆向東激動得聲音難以抑制，看向水瑤的眼睛都閃著光芒。

第七十三章

他趕緊克制自己的情緒，立刻回道：「路岐如昨日，來往夢分明。」

動作和暗語都對上了，水瑤鬆了一口氣，幸虧當初老祖宗針對各家訂了不同的暗語，那些殺手才無法這麼輕易得逞，因為除了洛家，其他人根本不知道別家暗語是什麼。

她雙手一抱拳，神色也難得帶了些激動。

「穆伯伯，水瑤再次過來打擾你了。」

穆向東一把拉住水瑤。「我這就去找村長，你們在家裡稍坐一會兒。」

看穆向東急急忙忙的走出去，徐倩不解。「小姐，這是怎麼一回事，妳怎麼還給他磕頭了？」

水瑤嘆口氣。「這是我舅舅欠他們的，只能由我這個外甥女代替了。妳先去外面守著，除了咱們認識的人，其他人都不能靠近這個宅子。」

徐倩雖然不明白，可她不是一個多嘴的人，水瑤不想解釋，肯定是裡面有什麼事暫時還不方便向她透露。

村長一聽說他們要等的人來了，而且那個人還是水瑤，簡直大喜過望。

「太好了，趕緊去見她！」

村長激動的心情難以掩飾，在穆向東的提醒下，他控制了下情緒，這才急匆匆地跟著姪子趕了過來。看到徐倩守在外面，只是朝她點點頭，接著直接衝進院子。

此刻水瑤也難以抑制激動的情緒，她沒想到一個懷疑和猜想竟然真的就找到傳家寶的持有人。

「水瑤！」

聽到村長的激動聲音，水瑤不由往外走了幾步，兩人在門口碰到面。

「村長。」見到村長，水瑤還是深深的一鞠躬。

「可別！」村長一把扶起了水瑤。「我們總算是把妳給盼來了，只是沒想到竟然會是妳……丫頭，妳可讓我們等得好苦啊！」

水瑤一臉歉意地道：「村長爺爺，我也是才剛知道消息，恐怕外面的事情你們多少也聽聞了，所以我得過來看看。如果是，那更好，如果不是，就當是過來探望你們。村長爺爺，不管怎麼說，我都要謝謝你們以及你們的先祖，為了當年的一個使命和承諾，你們付出了太多，我都不知道該怎麼說才能表達我的感激。」

村長拍拍她的肩頭。

「水瑤，這客氣的話，咱們不用說了，既然先祖囑咐了，那我們就要遵守約定，妳來了，我們也算是不辱使命了。其實這東西放在我們這裡，我們也不踏實，就怕有個閃失，沒想到在我有生之年還能完成先祖的願望和任務，到了地下，我也能跟他們有個交代了。向東，你去把東西拿過來。」

看到穆向東從佛龕裡取出東西，連水瑤都不得不佩服，這個人真是夠大膽的，竟然把這東西放在這樣的地方。

當東西入手時，她能感受到脖子上面傳來的溫度，是真品沒錯。

不過想到之前發生的蹊蹺事，水瑤此刻也不敢拿著東西出去了。

「伯伯，中午我想在這裡休息，東西我都放在馬車上了，你可以讓徐倩幫忙做飯。對了，伯母呢，怎麼沒看到他們？」水瑤後知後覺地問了一句。

穆向東笑著解釋。「他們跟他娘回他姥姥家去了。沒事，妳就到隔壁屋子休息一下吧，等飯菜弄好了，我們再叫妳。」

水瑤朝外面喊了一聲，跟徐倩簡單交代了兩句，這才到隔壁屋子。

她關上門，把這東西跟護身符放在一起，這次她可沒像上次那樣睡著了，而是睜大眼看著，當異象再次發生的時候，水瑤都能感覺自己就坐在光暈裡，很舒服，好像有什麼東西在對她說著話，雖然聽不見，可她能感受得到。

或許這護身符真的有生命，只是從外表看不出來罷了。

而外頭的人並不知道屋裡發生了什麼事，徐倩和穆向東一起在廚房裡忙活，兩個人之前也認識，溝通上根本就不費勁。

「水瑤小姐最近是不是挺累的？」

穆向東雖然不知道水瑤為什麼提出要休息，但他也能看出來，這孩子的眼底都有黑眼圈了，才關切地問了一句。

「唉，何止累啊，她是心累，身體也累，這麼小就承擔太多的責任，要是擱在我身上，估計我早瘋了。我們小姐也不容易，有什麼失禮的地方，還請您老多擔待。」

穆向東擺擺手。「算個啥事啊？她還是個孩子呢！在我眼裡，跟自家孩子也沒什麼區別，唉，她也不容易啊。」

沒了傳家寶在手裡，穆向東和村長兩人頓時感覺無事一身輕，連走路都覺得帶著風。

水瑤在房間裡小睡一會兒，醒來後，她走出屋子。

「醒了？正好飯菜都做好了，來，咱們吃飯。」穆向東笑道。

水瑤邊吃邊道：「村長爺爺、伯父，以後你們有什麼打算嗎？其實我這裡有個建議，你們不如換個地方生活吧？」

她不清楚對方會不會找到這裡，如果找到了，穆家的人也許會有危險，所以唯一能做的，就是讓他們搬離。

「唉！」村長嘆口氣。「故土難離啊！就算我們搬走，他們想找到我們也是輕而易舉的事，還不如就守在這裡。」

水瑤神色認真地道：「伯伯，這些人手段凶殘，就算不為你們自己考慮，也要為了家裡人考慮，我還是覺得換一個地方比較好。這樣吧，我在別的地方有些買賣，家裡的人如果不嫌棄可以過去，不管從哪種角度看，這樣是最好的。

「這銀票先給你們拿著用，改善一下家裡的生活。等你們考慮好了，就到回春堂去找安老大夫，他們會帶你們找到我的。」

兩個人互看一眼，都不想接。把東西送出去是他們的使命，他們也沒做什麼，況且人家孩子之前已經幫了他們不少。

不過水瑤可沒讓他們猶豫，直接將銀票塞到兩人手裡。

「拿著，我能為你們做的事不多，這也就是一點心意，對我來說算不上什麼大事，跟你們比起來，我才是最渺小的一個。」

村長笑著搖搖頭。「好吧，那咱們就收下了。丫頭，妳的提議，我們會好好的考慮一下，有事情我會去找妳的。」

臨走時，水瑤又囑咐了幾句，畢竟她還是不大放心。

水瑤離開後，穆家叔姪倆也在商量這事。

「向東，不管他們能不能找到這裡，還是安排一下孩子的出路吧。」

穆向東望著遠處，眉頭有一絲愁緒。「說心裡話，讓誰離開，我這心裡都不好受，畢竟孩子都不大，你說讓孩子走，我們做父母的不在身邊，也沒人教導孩子，可怎麼辦？」

村長無奈地皺緊了眉頭。

「也是，要不這樣，你帶著一家人跟著水瑤，剩下的人我來安排，反正這丫頭給的銀子足夠安排人手的開銷。這事回頭你跟姪媳婦商量一下，看要不要早點過去，至於家裡這頭你就不用擔心了。」

第二天，水瑤就接到安老大夫捎給她的信，對穆向東一家，她心裡早有安排。

「徐倩，讓馬鵬把他們安排在村子裡住下，想種地、想養雞都行，快去吧！」

「姊！」

兩個小的下課回來，人還沒進屋，聲音倒是先傳了進來。

「快去洗手，中午有好吃的。」水瑤笑道。

看到螃蟹和海螺，雲崢饞得差點要流口水，這東西他好久沒吃了。

「這是哪來的？」

水瑤指指三姨奶奶那個方向，雲崢會意地點點頭，嘆了口氣。「就是不知道這東西吃下去，會不會被人給惦記上，不過即便是這樣，我還是要吃。」

雲綺可不知道這裡面的機鋒，抱著螃蟹就開始啃。

水瑤拍拍雲崢的胳膊。

「沒事，放心吃吧，只是姊姊不在時，任何人送來的東西你們都不能吃，聽李嬸的安排就好。」

吃到一半，曹雲鵬竟然來了，看到爹灰頭土臉的樣子，連水瑤都覺得納悶。

「爹，你怎麼了？」

曹雲鵬嘆口氣。「王爺要來，我還不得挨個地方看看，讓大家好好準備一下，到現在都還沒吃飯呢，我就在你們這裡吃一點。」

上次江子俊也說過什麼王爺要來，可水瑤不知道究竟是哪一個王爺。

「爹，到底是哪一個王爺啊？不瞭解這個人的喜好，你要怎麼安排？」

說起這個，曹雲鵬嘆口氣。「我也沒接到公文，就是聽齊家那頭說的，估計不是因為公事來的吧，我也不知道是哪一個。」

水瑤聽完沈默了，連自家親爹都不知道對方究竟是何人，這事可讓她有些琢磨不透。王爺來了，怎麼說也是一個大陣仗，怎麼如今弄得那麼神秘，好像這個王爺是微服私訪似的。

她嘆口氣，搖搖頭。「爹，最近你沒被人參一本吧？要是有，趕緊回去想一個好藉口，有犯錯的地方，趕緊補救。」

曹雲鵬一邊吃飯，一邊看水瑤。「妳的意思是說，對方是來查我的？」

水瑤搖搖頭。「你一個知府，還不至於讓一個王爺親自來查，只擔心人家是順便，總之沒事更好，凡事多做預防總是好的。」

或許對方單純是來巡查的，千萬別跟傳家寶這事有關係，不過這擔憂她並沒在曹雲鵬面前說。

倒是曹雲鵬突然想起一件事。「會不會是為了選秀的事？畢竟今年也到了該選秀的時候，可是王爺來辦這種事，似乎也太大材小用了點……」

一聽到選秀，水瑤臉色頓時沈下來。「爹，我可先跟你說，我不去參加選秀啊，只是我擔心有些人暗中做手腳，這事你要幫我盯緊了。」

曹雲鵬一聽這話，臉色也變得嚴肅起來。「放心，這事爹心裡有數，妳年紀不夠，就算到了年紀我也不讓妳去，那是什麼地方，吃人不眨眼，爹就算再沒用，也沒指望靠賣自己的閨女謀前程。」

以前他或許不瞭解，可是當官這些年，他怎麼可能還不清楚，到了深宮大院，能混出頭的有幾個？多少女人都爭著搶一個男人，這樣的寵愛又能維持多久？

水瑤看她爹的表情不似作偽，這才放下心來吃飯。

關於王爺這個疑惑，並沒有讓水瑤困惑太久，江子俊那邊傳來消息，這次來的不止一個王爺。

「兩個王爺？什麼事情值得他們這麼關注，結伴而來？」水瑤驚訝地問。

江子俊搖搖頭。「我還真的不清楚，只知五王爺是奉命而來，至於八王爺則是半路加入，說是過來找藥的，至於找什麼藥就不得而知了。但我猜測，他們有人或許是衝著寶藏來的，畢竟鬧出這麼大的動靜，朝廷不可能一點風聲都沒聽到。」

水瑤在聽到「八王爺」後，陷入了沈默。看來這人老早就開始行動了，只是不知道上一世他有沒有得到寶藏？

總之這一世對方是別想了，少了哪一塊，他們都別想打開寶藏。

「水瑤，妳在想什麼，怎麼不吭聲了？」江子俊擔心地問。

水瑤嘆口氣。「不管這王爺是什麼來頭，咱們首要的目的還是要找到那些抓你爹娘的人，留著他們早晚是禍害。你可別忘了，他們手裡有假的傳家寶，早晚他們都會發現的。」

第七十四章

江子俊笑笑。「別擔心，他們的人早晚要出面，況且我爹娘和妳舅舅都見過他們，即便抓不到大頭，手下也行啊，再說他們總得有招募人手的時候吧？」

水瑤可不敢把這事指望在招募人手上。「這事還兩說呢，他們這些殺手有殺手的制度，就算他們要招人，也不會讓外人知道。能混入他們內部更好，不行的話咱們也別勉強。」

水瑤突然想起一件事。「對了，趁對方現在還沒發覺，最好讓你爹娘換一個地方養傷吧，如果他們的人盯緊我這頭，我擔心早晚會暴露你們的行蹤。」

江子俊笑道：「這事妳就放心吧，我已經把他們送走了，倒是妳舅舅，妳打算怎麼辦，還留在這裡？要不送到我爹那邊得了，正好他們還能做個伴。」

說起這話，江子俊的眼神裡多了一些水瑤察覺不到的情緒。父親已經跟他說了在地牢中跟洛玉璋的約定，他倒是很看好眼前這個小丫頭，就是不知道洛玉璋跟她說了沒？只是看水瑤的樣子，好像還不知道這事。

水瑤猶豫了一下，她其實很想順便把她娘一起送走。

「這樣吧，我回去跟我娘他們商量一下，如果可以，讓我娘跟我舅舅一起走。」

當洛玉璋聽到水瑤的建議時，沈默了半晌。

他內心不是沒有掙扎，外甥女再有本事，到底是一個孩子，他和姊姊走了，留下水瑤姊弟三個在曹家，他的心難安哪！

可水瑤不是真正的小孩子，怎麼會猜不出洛玉璋的想法？

「舅舅，你和我娘離開了，我才能放開手腳做事，其實你現在留在這裡，真的幫不了什麼忙，如果你再次被人抓去，我也會被人掣肘。至於雲崢和雲綺，留在曹家並不是最危險的，我們的身分已經擺在明面上，離開反而不好。」

洛玉璋嘆口氣。「那妳爹那頭，妳可得找個合理的藉口跟他好好說說。至於妳娘那頭，就由我去說。」

他心裡有太多的話，卻不知道該從何說起，離開這三個孩子太久，現在他都不知道雲崢和雲綺是否還記得他這個舅舅。

洛千雪聽到這個消息，第一反應就是否決，不過架不住洛玉璋前後分析，最後她也不得不含淚跟閨女囑咐他們離開後要注意的事情。

水瑤這頭跟曹雲鵬說了自己的打算。

曹雲鵬不是沒有異議，可是女兒的理由很充分，他連保護曹家都尚且費勁，更別說保護洛千雪了，或許離開才是最好的保護。再說，閨女還在這裡，洛千雪早晚都會回來。

曹雲鵬心裡掙扎了會兒，終道：「行，那妳得讓妳的朋友保護好妳娘他們。」

水瑤迅速跟江子俊那頭聯絡，送走人後，他們會面的地點也重新做過調整，至於原先住的地方，就留幾個兄弟引開對手的注意力。

水瑤和徐倩回家後，就見柴秋桐一臉著急。

「水瑤，妳可回來了，快進屋換衣服，跟我們到莊子上，妳祖母出事了！」

柴秋桐簡單說了下老太太的事情。

水瑤一聽傻了，瞪大眼睛，不可思議地看著柴秋桐。「妳說祖母沒了？怎麼可能？」

別說她不相信，就連柴秋桐也覺得老天爺跟他們開了個玩笑，之前去探望的時候，老太太的身體還算不錯，怎麼幾天工夫人就沒了？

「我也不清楚，反正莊子上送信過來，妳大伯他們已經先過去了，妳也趕緊準備一下，咱們立刻就走。」

水瑤想起弟弟和妹妹。「雲崢和雲綺呢，他們兩個哪兒去了？」

「在我屋裡呢，這兩個孩子說沒等到妳就不過去，這不我就留在這裡等著帶你們一起過去呢。快，給雲綺他們都帶好衣服。」

水瑤和徐倩兩人迅速收拾好衣物，家裡這邊由龔玉芬留守，老太太去世了，她得留下來佈置靈堂。

「二伯母，這到底是怎麼回事，之前怎麼一點跡象都沒有？」水瑤疑惑地問。

柴秋桐摟著雲綺，苦笑了一聲。「唉，事情就是這麼巧，妳祖母說想到江邊去划船釣魚，誰知人就這麼掉進江裡，到現在都沒打撈上來呢，妳說那麼大把年紀了，也不會游泳，唉……」

對於這個婆婆，柴秋桐以前很少說什麼，這次在水瑤面前，還是頭一次說出自己的心裡話。

「別看妳祖母之前做的事有些讓人難以認同，可是不能否認，她是一心為這個家著想，有她老人家在，曹家才沒有亂了套，雖然勾心鬥角的事時有發生，可至少還是一個大家庭，她老人家要是沒了，以後會怎麼樣，連我都不好說……」

水瑤哪有心思去聽柴秋桐的感慨，她抱著雲崢，陷入了沈思。

老太太這是怎麼回事，難道是忍受不了毒品的煎熬，所以自盡了？

正常人碰到這東西都受不了，沒聽說戒掉的有幾個，一般都是繼續靠毒品維持下去，可她認為老太太的意志力很強，難不成是她高估了老人家的身體和心理？

另外她也在猜測，老太太是不是讓人給害了？不過她沒證據，也不敢在這樣的場合說起，別好事沒做成，反而惹了一身騷。況且家裡哪一個不是人精，恐怕這些事也在他們腦子裡顛來倒去的想了好幾遍。

「姊，那祖母是不是就再也回不來了？」

雲綺的話讓雲崢有些哭笑不得。這個妹妹怎麼就這麼笨啊，都說人沒了，那肯定是死了唄！

還沒等姊弟兩個回答，柴秋桐就接過話茬。「差不多是這個意思吧。雲綺、雲崢，你們兩個過去後要緊緊跟在你們姊姊身邊，到時候人多，伯母也怕照顧不過來，小心別出了岔子。」

看著水瑤，柴秋桐的心裡又多了一層擔憂。老太太要是真沒了，這姊弟三人以後該怎麼辦？沒有老太太坐鎮，齊淑玉還不得仗勢欺人？尤其是那個三姨奶奶，以後會不會被扶正？曹家以後的命運和走向又會如何？

到了莊子上，水瑤不禁被這壯觀的場面給嚇一跳。

知府老爺的親娘沒了，先不說曹家自己人，就說這附近的老百姓聽到這個消息，也都會過來看兩眼，至於大夥兒心裡是怎麼想的，沒人會去關注。

水瑤心裡暗自感嘆一把，有錢人就是不一樣。

「怎麼樣，人撈到了沒？」柴秋桐緊張地問。

曹雲傑一臉沈重的搖搖頭。「沒有，估計是被水沖到下游去了，已經讓人跟下游的人打過招呼，只要能找到娘，曹家重重有賞。只是都這個時候了，我真的不敢再抱希望了，這麼冷的水，會游水的人都受不了，就更別說是娘了……」

水瑤他們一進院子，就聽到屋裡的哭聲跟唱大戲似的，啥腔調都有，當然數落的內容也各不相同。

雲綺聽不懂。「姊，他們都在說什麼？怎麼哭還可以這樣哭？」

水瑤苦笑了一聲，牽緊兄妹兩人的手。「每個人的哭法不同，時間長了妳就明白了，妳就乖乖的看著、聽著，等沒人的時候咱們再說。」

水瑤看周圍情況亂糟糟的，也不知道這裡面究竟都是些什麼人，為了安全起見，她乾脆帶著弟弟妹妹先去找曹燕琳。

「我的天哪，你們總算來了！快進屋，外面太亂了，也不知道找到祖母了沒？」

曹燕琳姊妹兩個跟其他房的小姑娘待在一起，水瑤沒看到齊淑玉，就偷偷的問了她一句。

曹燕琳小聲說道：「唉，別提了，是她伺候祖母的，現在祖母出事了，那不得問問她啊！祖父和叔爺爺他們都在另外一個屋子跟她談呢，估計一會兒妳才能見到。」

這些日子水瑤忙著救人，根本就沒注意到二伯母家的大女兒曹倩柔回來了。人如其名，一個溫溫柔柔的漂亮女子。

「倩柔姊好——」水瑤乖巧地喊人，雲崢和雲綺也跟著喊。

曹倩柔笑著拉他們到裡屋坐。「人太多了，這裡面安靜一些。」

「倩柔姊，妳說祖母這次沒事吧？」水瑤問。

曹倩柔搖搖頭，嘆了口氣。「我也不知，這個時候都沒有消息，唉，難說啊……」

他們正聊著天，柴秋桐就進來了。「水瑤，你們幾個快跟我到妳祖母的房間裡去看看。」

水瑤納悶。「二伯母，怎麼了？」

柴秋桐嘆口氣。「雖然妳大伯他們看過了，可都是些男人，總歸沒女人仔細，咱們幾個過去再看看，是不是有什麼地方被遺漏了，畢竟今天這事，怎麼看都蹊蹺，老太太好好的，怎麼會掉進江裡了？」

這事誰都懷疑，可是誰也不明白到底是哪個環節出了錯。

水瑤他們出去的時候，就見曹雲祖正領著幾個人到另外一間屋子去。

「那些人是誰啊？」曹燕琳疑惑地問一句。

水瑤雖然不知道，但是心裡猜測這幾個人十有八九是跟老太太一起到江邊的人，而要想知道為什麼，恐怕只有找這幾個人問明白了。

老太太在莊子上的屋子沒有在曹家的大，無非就是睡覺和戒毒這兩處地方，曹雲祖他們過來看過，這地方就沒再讓別人進來，所以整間屋子還保持原狀。

「妳們都仔細瞧瞧，看有沒有書信和紙條什麼的留下來。」柴秋桐道。

水瑤和柴秋桐轉了一圈，也沒發現什麼，兩人又去了戒毒的那間屋子，這裡就更簡單了，只有椅子和一張床，還有一綑繩子。

看到這些，柴秋桐都跟著心疼。「這得遭多大的罪啊，這麼大年紀的人，怎還要被綁住，這毒這麼厲害？」

水瑤苦笑了一聲。「不厲害那就不是毒了。二伯母，我想這地方也藏不了什麼書信，畢竟毒癮發作的時候，哪有時間去弄這個？」

柴秋桐轉了一圈，也是什麼收穫都沒有，皺著眉頭直嘆氣。「老太太到底是怎麼了，好歹給大家留個話啊，就這麼不明不白的沒了，擱誰心裡都不好受啊！我看這哪是來戒毒，分明是過來送命的……」

曹燕琳姊妹倆把老太太的首飾和衣服什麼的都查看一遍，也沒發現任何蛛絲馬跡。

「東西都在這裡，也不知道有沒有少，只有丫鬟來了才清楚。娘，爹那頭有消息了沒？」

還沒等柴秋桐回話，曹雲傑就渾身濕漉漉的走進來。

「我的衣服帶過來了嗎？」

柴秋桐看到自家男人這樣，忙不迭地拿布巾給他。「快，趕緊擦擦！這什麼天你不知道啊，當自己還是年輕小夥子不成？你在屋裡先坐一會兒，倩柔，快給妳爹把火盆拿過來，我去給妳爹拿衣服。」

水瑤問了一句老太太的情況，得知還是沒找到後，便先告辭出去，總不能二伯要換衣服，她還在這裡傻乎乎的站著吧！

她才剛出去，就看到曹雲鵬也一身濕地走過來。

「爹。」

雙胞胎看到曹雲鵬，立刻掙脫水瑤的手，迅速撲了過去。「爹，太冷了，你得趕緊換身衣服！」

孩子貼心的話語讓渾身冰冷的曹雲鵬又暖和了過來。

「爹，你帶衣服了沒？」水瑤問。

曹雲鵬搖搖頭，水瑤推了他一把。「你快去祖母的屋子，二伯在裡面換衣服。我去找二伯母要衣服，興許她多帶了一些，你跟二伯暫時先將就著穿吧！」

幸虧柴秋桐也擔心會出現這樣的情況，便有多準備。

「爹，奶奶那頭到底怎麼樣了？」

換好衣服，被人押著烤火的哥兩個被孩子們這麼一問，眼睛都紅了。

曹雲傑嘆了口氣。「應該是不成了，恐怕今天就是她的劫數。老三，一會兒咱們去找爹吧，已經這樣了，回去準備發喪吧。」

曹雲鵬沈重地點點頭。好不容易認回了娘，這回卻徹底成了沒娘的孩子了。

天黑了，江邊打撈的人也都陸陸續續的回來了，曹振邦看看一無所獲的眾人，頓時就蔫了。

他抱頭坐在椅子上，沈默了半晌，才嘶啞的說道：「準備發喪吧，回去建個衣冠塚。」

老爺子一句話，外面頓時哭聲響天。

簡單的儀式過後，大批人馬浩浩蕩蕩的往曹家大宅奔去，水瑤坐在馬車裡，懷裡抱著弟弟和妹妹。

「姊，妳說祖母真的沒了？」雲崢睜大眼睛問。

水瑤嘆口氣。「誰知道呢，恐怕只有當事人和老天爺知道吧！」

曹家大張旗鼓的辦起喪事，就連遠在外地的曹雲逸都回來了，看到這個四叔出現在喪禮上，水瑤只是愣了一下。

不過三姨奶奶那穩如泰山的態度，卻讓水瑤有些琢磨不透。

老太太去了，這個三姨奶奶也太能端得住了吧？

都這個時候了，人家愣是不出頭，依然謹守她做姨娘的本分，原本水瑤還有些懷疑她，不過看現在這架勢，應該不是三姨奶奶下的手。

第七十五章

「小姐，外面的人說八王爺來了。」徐倩悄聲對水瑤道。

水瑤點點頭表示自己知道了。「讓人盯著那個八王爺。」

徐倩雖然不知道水瑤為什麼對這個王爺感興趣，但她也不多問，有些事這個小姐心裡比她還有數。

「姊，我累了。」

雲綺跟雲崢不同，畢竟是女孩子，吃的苦要少一些，只是跪了那麼長的時間，別說是她，就連水瑤都覺得膝蓋有些疼。

「忍一忍，很快就好了。」她摟住妹妹，讓她靠在自己身上。雲崢是男孫，沒跟她們跪在一起，也不知道父親那邊能不能照顧到他？

結束後，水瑤拉著弟弟妹妹回屋給他們熬湯。他們的身體好不容易養好，可不能因為老太太的事再把舊疾給引出來。

水瑤躺在炕上，開始琢磨這前前後後的事情，這時徐倩端著一壺茶走進來。

「線人說，二房那邊已經開始私下討論後續的事情，有人傾向分家。」

水瑤嘆口氣。「這也是早晚的事，老太太沒了，也沒人能壓制他們，老爺子估計也沒那個心情管這事了吧？我倒是很想知道，老爺子會不會把三姨奶奶給扶正？那以後可有意思了，咱們就坐著等吧，估計明天忙活完出殯的事，就該陸續登場了。對了，八王爺和五王爺都來了，卻什麼都沒做？」

徐倩搖頭。「他們今天才剛到，聽說是過來督促選秀一事，至於還有沒有其他目的，現在還沒查出來。」

水瑤沈吟道：「他們肯定還帶著別的任務而來，希望不是衝著我爹。對了，我娘那頭有消息沒？」

「有舅老爺在，加上江少爺辦事也穩妥，妳就放心吧！」徐倩道。

「留在這個是非之地也是個心思，希望他們能平安到達。先休息一會兒吧，明天還有得忙呢！」

徐倩剛出屋子，就看到墜兒朝她眨眼睛。

這墜兒是二伯母安排進來的，到現在還沒發現有什麼問題，而她也是水瑤和徐倩特意培養的人選，畢竟她們兩人要是不在的話，至少得有一個自己人在這裡。

兩人到了僻靜處，墜兒才悄悄地道：「我們都知道小姐的屋子不能隨便進去，除非小姐和妳在，可上午小姐不在的時候，子秋有去收拾屋子。這事我也是聽婆子說的，她們都勸過，可是子秋不聽勸，這事妳回頭跟小姐說一聲。」

徐倩拍拍墜兒的胳膊。「我知道了，以後多注意一些。小姐對妳很滿意，還打算以後將妳升為二等丫鬟呢。」

知府老爺家辦喪事，來來往往的人也多，只要不是曹雲鵬親自過來喊，水瑤只須負責看住雙胞胎弟妹就行，至於其他的事，還輪不到他們這些小孩子幫忙。

好不容易堅持到喪禮結束，水瑤差點累懵了，這兩個小的倒不覺得有什麼。

「齊姨娘生病了？」這天，水瑤聽見一件讓她訝異的事。

徐倩點頭。「是，估計之前老太太出事，在她心中打擊不小，這幾天跟著忙活也累到了，不過聽說休養了一、兩天，已經快好全了。」

徐倩頓了頓。「還有，我想……這個子秋是不是該弄走了？」

關於子秋的事，水瑤還在考慮中，雖說留在這裡是個禍害，可要處理也沒什麼藉口。

「要不這樣，讓她去我娘之前住的院子開墾菜地，反正之前咱們也有這個想法，種子也是現成的，就讓環兒看著，這樣她也鬧不出啥事來。」

徐倩聽完，不可思議的看向水瑤，伸出大拇指。「還是這招高明，就讓她去種菜，省得她沒事幹。我這就下去安排。」

聽到這個消息，子秋和另外兩個也被安排過去的婆子還不想去呢，最後徐倩直接丟下一句。

「不服管，那就讓二夫人發賣吧，自己選！」

三人聽完之後，只能默默拿著行李去開墾菜地。這段日子柴秋桐處置下人的手段，連她們都害怕，不服管的結果是什麼，她們自己心裡明白。

水瑤讓下面的人開墾菜地的事很快就傳開了，龔玉芬聽到這個消息後，不免有些吃驚。「這水瑤到底是怎麼回事，曹家的花園怎麼可以開墾菜地啊，這不是胡鬧嘛?!」

坐在她身邊的柴秋桐則不以為然。「為什麼不行，我倒覺得挺好的，反正她閒著也是閒著，就讓她做唄！那地方平時也沒人過去，影響不了什麼，且這種出來的菜，也能讓家裡廚房使用，多方便。算了，咱們別討論這事了，爹讓咱們都過去，估計是要討論老太太的東西該怎麼處理。」

聽到這句話，龔玉芬立刻就來了興趣。「真的啊，那咱們還耽誤什麼！」

柴秋桐心裡暗自感嘆了一把，這個大嫂別的興趣看不出來，就是對錢太看重了，可以她的娘家背景也不至於這樣啊，真是想不通。

而且她還有一句話沒說，老爺子雖然讓他們過去討論這事，可她心裡清楚，老太太讓老四帶了大部分的銀子離開，這剩下的估計也沒多少了。

老爺子、曹雲祖哥三個和老太太身邊的丫鬟一起幫忙整理東西，除了曹雲傑心裡清楚還有老四那麼一個意外的存在外，其他人還不知道這件事情。

不過即便是這樣，老太太剩下的東西還是少到讓曹雲傑納悶。「怎麼這麼少？爹，這麼多年來，娘就沒攢下什麼東西啊？」

聞言，曹振邦立刻吹鬍子瞪眼睛。「小瞧你老子，我是那種摳門的人嗎？按理說，你娘手裡應該有不少銀子，先不說銀子，就連首飾都不對。春蘭，妳是老太太身邊的大丫鬟，她有什麼東西，妳們最清楚，妳給我好好說說，這到底是怎麼回事？」

面對老爺子的威壓，春蘭嚇得撲通一聲跪倒在地。

「老太爺，我們也不清楚啊！後來老太太的東西越來越少，好像是拿去兌換銀票了，至於銀票到哪兒去了，都是老太太自己一手處理的，就連到莊子上，她都有帶著銀票，這事是真的，秋月和冬梅都可以作證！」

秋月和冬梅兩人跪倒在老爺子跟前，誠惶誠恐道：「老太爺，老太太到莊子上時，的確是帶著銀票走的，不過可沒之前那麼多，後來她說要出去釣魚，不放心銀票放在屋裡，就把東西隨身帶著，所以也就只剩下這麼多。」

這三個丫鬟的話，還得到老太太身邊婆子的印證，曹振邦皺著眉頭，自言自語道：「這個老太婆到底在搞什麼，一大筆銀子呢，那可不是個小數目，就這麼沒了？」

曹雲傑一攤手。「得，看來娘這一去，連銀子都帶走了，也好，省得她到了下面沒銀子花，咱們也不用擔心這個了。」

曹振邦瞪了兒子一眼。「到地下她也用不了那麼多。唉，還以為能給你們分一些呢，看來是沒戲了，你娘就剩下這麼點首飾，你們哥幾個看著分一分吧，至於衣服什麼的，回頭再燒了吧！」

曹振邦嘆了口氣。「唉，這個家總不能沒個主心骨，雖說老大媳婦和老二媳婦可以管家，可這後院總得有個人坐鎮才是。我想把你們三姨娘扶正，你們哥幾個有什麼看法？」

曹雲祖幾人不可思議地看向老爺子。老太太才剛安葬沒幾天，老爺子就迫不及待的要扶正那個女人？

老太太有多討厭那個三姨娘，他們這些做兒子的心裡明白，尤其是曹雲鵬，在聽到這番話後，臉立刻就拉下來。

「爹，娘才剛沒了就提這事，似乎有些不妥，若讓外人聽了去，還以為咱們曹家沒了規矩，這事我看先緩緩再說。說來這是您老的意見，還是三姨娘的意思？」

老爺子被兒子這麼一說，老臉有些掛不住，臉色頓時脹成了豬肝色。

曹雲祖最瞭解老爺子的性格，這是要發火的徵兆，而他是大哥，不能因為這事讓弟弟跟父親起了嫌隙。

「爹，您消消氣，老三不是要干涉您老房內的事，他的意思是說，娘才剛去，這事能不能晚點再說？不是我們不同意，只要您老願意，怎樣都成，就是時間上有些急了，尤其老三在官場上，講究也多，別因為這事讓老三被人家嘲笑。」

大兒子的話讓老爺子很滿意，這才神色稍緩。「我也沒說立刻就扶正，這點道理我還會不懂？」

話還沒說完，柴秋桐她們三人就到了，因此接下來的話老爺子就沒說出來。

三個媳婦看到擺在桌上的首飾和金銀，對視了一眼，接著各自站到自家男人身邊。

「爹，您找我們過來有什麼事情？」龔玉芬開口問道。

老爺子嘆口氣，有些疲憊的擺擺手。「妳娘就剩下這麼點東西，也不知道這老太婆是怎麼回事，手裡竟然沒剩什麼，全都帶走了，不過這樣也好，省得她牽掛，這樣咱們也省心了，你們就看著分吧！」

龔玉芬和還有些虛弱的齊淑玉往前走兩步，看二妯娌沒動，兩個人又猶豫了。

「爹，要不這些東西您先留著？」

龔玉芬到底是長媳，雖說管家能力不如柴秋桐，可人卻不是拎不清的主，想明白這中間的彎彎繞繞之後，試探性地提出建議。

「唉，你們拿著吧，就當是個念想。我還以為她能活到重孫子那輩呢，沒想到……這些就當是她這個做祖母的給孩子們的一點禮物吧，我是想多給，只是也不知道妳娘怎麼想的，竟然把手裡的東西都賣了……」

最後，龔玉芬把東西分成三份，當然還留了幾件東西給和老太太親近的那幾個下人。

「爹，您看大嫂的身體也好了，這管家的事情以後就交給她吧。不管怎麼說，這長幼有序，一直以來都是大嫂在管理，我也是暫代其職。」柴秋桐有自己的考量，她是擔心時間長了，這個妯娌會有其他想法，再說她當初也是被老太太逼著接管的，現在家裡的情況不明，她一直占著這個位置，肯定不適合。

老爺子看了一眼二兒媳婦，再看看一臉期待的大兒媳婦，心裡也在犯愁。老太婆剛走，這家裡也沒人鎮著後宅，老大媳婦之前的能力他也知道，如果讓他選擇，他寧願讓二兒媳婦管家，可看大兒媳婦一臉期待雀躍的樣子，老爺子剛到嘴邊的話愣是嚥了回去。

他沈默了一會兒，這才道：「也行，沒事時妳就多幫妳嫂子一些，畢竟家裡現在有些亂，都是自己妯娌，也沒什麼隔閡。」

這時，春蘭他們幾個下人齊齊朝老爺子跪下來。

「老太爺，老太太不在了，我們幾個想贖身回去，還請您老能恩准。」

老太太身邊這幾個人要同時離開，老爺子一時之間還反應不過來。「你們要走？」

幾個下人點點頭。「留在這裡會更想念老太太。我們商量過，不如等老太太七七滿了就離開。」

老爺子餘光瞄向龔玉芬和柴秋桐兩個人。龔玉芬表情有些複雜，她打從心裡不大願意讓這幾個人離開，畢竟這些人在老太太身邊待久了，要是能為她所用，以後她可就是如虎添翼，至少能力肯定是沒問題的。

不等她開口，柴秋桐先說出自己的意見。「唉，也是。爹，不如應了她們得了，也不用贖身，直接放人回去，好歹她們伺候過老太太一場。」

二妯娌都發話了，龔玉芬現在再說出自己的想法，恐怕也不大恰當，只能順著柴秋桐的話說。

最後老爺子道：「既然你們沒意見，那等老太太七七後就讓她們走吧！」說完，老爺子讓媳婦們先離開，留下三個兒子。

「老三，我怎麼聽人說王爺到咱們這地界來了？」

曹雲鵬點點頭。「是，這兩天忙活娘的事情，我也沒空過去拜訪。」

「那你明天什麼事都別做，先去拜見王爺。好歹人家是大官，你這小官不去拜見，難不成還等著人家來拜見你啊？只是不知道這王爺怎麼到咱們這裡來了？算了，咱們也管不了那麼多，只要不是過來挑你的毛病，就不是什麼大事。還有，回去好好看住你媳婦，王爺都來到這裡了，可別讓她再惹出什麼亂子。」

另一頭，柴秋桐和龔玉芬離開後，直接去找幾個妯娌和嬸子，一同把管家的事做了匯報和交接。

眾人心裡儘管不大樂意，卻也沒說什麼，畢竟曹振邦都發話了，他們這些做小輩的就更沒有質疑的權力了。

「弟妹，要不要去三姨娘那邊坐坐？」龔玉芬提議道。

柴秋桐擺擺手。「不了，大嫂，妳去吧，我身子不大爽利，等過兩天我再過去也不遲。」

邊上其他的妯娌聽了龔玉芬剛才的話，心裡都在暗自琢磨，難不成剛才老爺子在屋裡說了什麼？

第七十六章

「老爺，我看雲祖媳婦帶東西去看宋靜雯了……大哥是不是跟幾個孩子說起了要扶正室的事？以後宋靜雯要是扶正了，這家可就沒咱們什麼位置了。大嫂這個人雖然厲害了點，可是還不至於太狠，平時也就是嘴上嘮叨的事，但這個宋靜雯可不同，別看她平時笑咪咪的、一副和藹可親的樣子，那個人可陰狠著呢，她要是上位了，估計咱們也落不到好，要不……咱們分家吧？」

曹振宇斜靠在榻上，聽到戚氏的話沒吱聲，只是撩了一下眼皮。

這幾天雖然不用他出力，可到底是上了年紀，忙忙叨叨的也真的有些乏了。

看自家男人沒動靜，戚氏用手肘撞了他一下。「我在說話呢，你聽到沒，給個聲音啊！」

「我能說啥？我說妳就是操心的命，妳當我不想分家啊，自己當家作主多好，省得讓人說三道四的，可這分家是咱們說說就有用的？那還得老三和老四答應啊！妳啊，有那個閒工夫，就去找那兩個探探口風，看看他們都是什麼意思。」

水瑤是晚上才收到消息，聽完這些，她搖搖頭。

「看來這個家要變天了。老太太不在，某些人又開始蠢蠢欲動，不過老爺子不鬆口，恐怕也沒那麼簡單。」

徐倩心裡著急。「小姐，如果三姨奶奶扶正了，咱們也落不到啥好啊！老太太在的時候，好歹妳是親孫女，可那個宋靜雯跟你們扯不上多大的關係，她會為了你們得罪其他的人？這齊淑玉還不變本加厲？」

水瑤嘆口氣。「兵來將擋，水來土掩，這個家也不是咱們能左右的，妳就別操這份心了。」

第二天，水瑤就收到消息——曹雲鵬過去拜見王爺，卻被人家擋在門外。

「什麼？閉門謝客？他這是什麼意思？」

五王爺弄出這麼一齣，水瑤也搞不清楚對方是什麼路數了。

「誰知道呢，也不是誰都拒絕，好像也接見了一些人……」徐倩道。

水瑤越聽越心驚，五王爺接見的看似都不是什麼大人物，可這些人都是分管益州所有地方事務的官員，偏偏她父親卻被排除在外，那只有一個可能——這個人在調查她爹。

她頓時緊張起來，如果她判斷是對的，那她爹的情況可有些不妙了，問題是，如果是一般的考評吏治那還好說，若是因為其他事，那可就玄了。

不僅僅她在擔心，曹雲鵬回去說了今天這情況，齊淑玉心裡也沒底了。

「要不去找我爹問問，怎麼說我爹在官場上混那麼久，這其中的曲曲折折，可能比你明白。」

曹雲鵬一邊嘆氣，一邊搖頭。「別問了，妳爹讓我老實的待著，該幹麼就幹麼。唉，也不知道這葫蘆裡賣的是什麼藥，我自覺這些年做官清正廉明，總之我是問心無愧，其他的我也左右不了，嘴巴長在人家的身上，愛怎麼說就怎麼說吧！」

曹振邦他們也不是不知道這個消息，可是都愛莫能助，他們也去跟那些被接見的人打聽過，可惜人家什麼也沒說，就說是過去聊天的。

他們爺幾個就不明白了，這聊天怎麼還有分？他兒子好歹也是這個地方正經的官，這大官不聊，反而去找那些不著邊際的人，這讓老爺子心裡著實沒底。

「你也別擔心，老三沒什麼可讓人詬病的，也許就是過來考察吏治的，說不定是要給老三升遷呢，這都是說不準的事情。」

宋靜雯一番話，說得老爺子摟著她的肩膀，誇讚道：「還是妳會說話，這麼一想，或許真是這麼一回事。對了，我昨天跟他們說了要給妳扶正的事，這事妳別擔心，我準會讓妳坐上正室的位置。」

誰知宋靜雯的回答，卻大大出乎曹振邦的意料。

「老爺，這事我不答應。老太太剛過世，你就提這事，孩子們心裡會怎麼想？況且就算不做正室，難道你就不疼我了？在我看來，身分、位置都不重要，只有你才是最重要的。我不想讓你為難，更不想因為那個正室的位置，讓大家心裡產生猜忌，這樣已經很好了，咱們踏踏實實的過完下半輩子比什麼都強，你說是不是？」

宋靜雯的話差點都要把老爺子的眼淚給說出來了，他就知道他沒看錯人，他心愛的女人一直就是不爭不搶、善良友愛的好女人。

他拍拍宋靜雯的手道：「好好好，都依妳，這事咱們暫時不提，但是以後我肯定得把妳提上來，我還想著死了後能跟妳同穴呢！」

家裡的人可不知道老爺子心裡還有這麼一個想法，尤其是水瑤，此刻正急得團團轉，五王爺那邊她是真的摸不著頭緒了。

其實五王爺這幾天一直在調查曹雲鵬，這個知府口碑不錯，可是架不住下面有人參奏他，不過想想也能理解，離國到現在還沒出現商戶之子做大官的，曹雲鵬可是頭一個。

這已經破了先例，如此下去難免會讓其他人效仿。

還有一點，那就是曹家是先朝寶藏的持有人之一，這事外面傳得沸沸揚揚，已經有人通報上去，皇上對這事很重視，所以即便曹雲鵬這官當得不錯，難免怕他有造反的企圖。

「王爺，那我們該怎麼辦？」五王爺的謀士問道。

就因為曹雲鵬的官聲不錯，讓五王爺心裡有些犯難，他也想為朝廷留下幾個忠臣和棟樑之才，可這曹家有些事的確說不清楚，也不明不白的。

「五哥，幹麼呢，一整天都不出門走走？」

這時八王爺突然到訪，五王爺見狀，苦笑了一聲。

「我正犯愁呢，曹雲鵬這個人雖說為官清廉，但有些條件的確是不大適合當官，我這不正在想該怎麼處理？」

八王爺從果盤裡拿出一顆蘋果上下把玩著，一臉玩味。「五哥，這才多大點的事，不就一個知府嘛，不適合那就拿下，咱們離國可不缺這樣的官，再說那麼多等著往上升的人，也不是沒有適合的，愁什麼愁啊！」

看著紅光滿面的弟弟，五王爺心裡暗自感嘆，年輕就是好啊！不過一轉念，他又想起了另外一件事，這個弟弟可是一路跟著他過來，目前他也搞不清楚他打的是什麼算盤？

「你的事處理好了？」

八王爺苦笑了一聲。「哪有那麼快，人都還沒找到呢，這事可急不得。對了，五哥，選秀的事情都安排下去了？」

五王爺笑著點頭。「這是大事，我可不能耽誤了。行了，咱們去吃飯吧，天大地大，肚皮最大！」

吃飯時，八王爺饒有興趣的談論起曹雲鵬的問題，主要是他想知道這個五哥究竟會以什麼理由來處理曹雲鵬這事。

「他這樣的官肯定是做不成了，至於這繼位人選，還是得讓皇上來定奪，我可沒那個權力安排。」五王爺道。

八王爺冷哼了一聲。「就這樣的人，我看抄家都嫌輕。我可聽說他們跟前朝餘孽有聯繫，而且還跟土匪勾結在一起，這若不殺一儆百，後患無窮啊！反正這事皇上交給你來處理，我也就是提個意見，你自己看著辦吧！」

等八王爺走了，五王爺便找來自己的謀士探討這事。

「王爺，八王爺一路追過來，您覺得光是找藥這麼簡單？按理說這事交給下面的人就可以辦到，何必勞他大駕呢？難不成是皇上也給他另派任務？」

五王爺當著謀士的面也不瞞著。「不可能，你也知道我不願意管這樣的閒事，我一個閒散王爺在家裡逗逗鳥、養養花草多好，走一趟出來多難受，還要琢磨這個、琢磨那個，要是能換一個人來，我肯定不會接這差事，想必皇上找我過來管這事，心裡也有自己的思量，老八這事肯定不是皇上指派的。」

雖然五王爺不怎麼管朝政上的事，可是身為皇家子嗣，怎麼可能連這點都沒看出來？他只是年紀大了，不願意蹚這渾水罷了。

「那這個曹雲鵬……王爺打算怎麼處理？」

這才是問題的關鍵。五王爺嘆了口氣。「算他倒楣，雖然他現如今也在想辦法洗脫自己的嫌疑，但現在處於風口浪尖上，不管曹家有沒有問題，這罪責肯定逃脫不了的。」

謀士點點頭。「是這個道理，曹家的事的確讓人覺得蹊蹺。」

沈默了一會兒，謀士又試探地問：「王爺，那這曹雲鵬……是要將他罷官嗎？」

五王爺此刻已經拿定了主意，大手一拍。「罷官、抄家！沒辦法，這事牽涉太廣，一旦所傳的寶藏是真的，恐怕你我都擔待不起這個責任。我馬上給皇上寫信，你下去安排這事。」

八王爺在得到手下人傳來的消息後，陰惻惻地冷笑一聲。

「好事，曹雲鵬這樣的人留著也是個禍害，如此一來，這地方也能安寧一些。讓咱們的人注意一下曹家那邊的情況，我現在懷疑曹家交出去的傳家寶恐怕是假的，去確定一下，咱們也能放心——」

晚上就寢時，水瑤心裡感覺有些慌，總有一種不好的預感讓她難以入眠。

想想這幾天發生的事情，她總覺得有些不大對頭。

「徐倩，妳說這個五王爺會不會對曹家不利啊？如果真是這樣，咱們豈不是讓人給逮個正著啊，如果因為傳家寶這事受到牽連，那就不值得了。唉，我這心裡感覺慌慌的。」

徐倩在對面的炕上坐起來。「不會吧，曹家這麼大，還有妳爹這個當官的坐鎮，誰敢對曹家下手，就算是王爺也得講理，對吧？」

徐倩想不明白，不代表水瑤心裡不清楚。誰跟他們講理？要是他們調查清楚了，曹家就算沒罪，這個傳家寶也是個罪。

想到這裡，她立刻起身。「不行，這事得趕緊想辦法。」

徐倩看了她一眼，追問道：「妳能想什麼辦法，如果真的治曹家的罪，你們幾個能跑得了嗎？別忘了，你們可是妳爹的孩子，是曹家正宗的嫡孫，就衝著這個身分，你們即便是離開了，恐怕也會被通緝。」
徐倩這話徹底打擊到水瑤。「我怎就這麼糊塗，當初幹麼要讓雲崢他們回來……讓我想想，肯定有辦法的。」
水瑤陷入了思考，過了一會兒，她又笑了。
「我們雖然是曹家的血脈，可我們並沒有入曹家的族譜啊，呵呵，真是沒想到，連老天爺都在幫助我們。」
徐倩吃驚地看向水瑤。「你們沒入曹家的戶籍？」
水瑤笑咪咪的點頭。「是，之前老太太耽誤了一下，雲崢這族譜沒入成，這是天意啊！曹家沒事則罷，有事暫時先躲躲，妳讓李嬸他們趕緊收拾一下，我現在就給雲綺他們收拾東西，明天一早，你們幾個都離開這裡。」
守夜的丫鬟和婆子雖然看到屋裡的燈亮了，也不知道水瑤她們在打什麼算盤，即便是徐倩出去了，也以為她是要出去上茅廁，所以也沒吱聲。
「這、這事是真的？」李嬸聽到消息後，整個人都呆了，這日子過得好好的，怎麼又要出事了？
「不管是不是真的，妳現在就開始收拾，把雲崢和鐵鎖的東西都收拾好，不用帶太多，揀重要的拿，其他的出去再買就好，天還沒亮咱們就走。」徐倩道。
這一夜，水瑤睡得並不踏實，一直都在作噩夢，好像有什麼東西在掐著自己的脖子，讓她呼吸都覺得困難。

她醒來時，外面天還黑著，她想到昨晚商量的事情，趕緊喊徐倩。

徐倩悄聲道：「別喊了，我都收拾好了，小姐妳去喊雲綺起來，也不用洗漱了，我直接帶她走。」

水瑤喊妹妹醒來時，雲綺還一臉茫然。「……姊？」

小ㄚ頭軟軟糯糯的聲音讓水瑤的心頓時一軟。「雲綺，妳跟徐倩姊姊還有雲崢一起走，別出聲，徐倩讓妳做什麼，妳就做什麼，要聽話，回頭姊姊再去找妳。」

雲綺不明白是怎麼回事，她睡眼矇矓，頭髮凌亂，水瑤趕緊替她簡單收拾了下，也沒時間跟妹妹解釋。心裡那種不安的感覺越來越強，她不能在這事上耽誤時間。

這麼慌亂的打發他們走，即便是雲綺，也敏感地察覺要出事了，要不然姊姊不會這麼做。「姊，出事了？」

「嗯，雖然只是猜測，但為了以防萬一，你們得離開。至於我這邊，你們就不用擔心了，快走吧！」

第七十七章

待他們走後，水瑤坐在屋子裡，閉目思索下一步該怎麼辦？雖然這事只是自己的直覺，可越想，她就越覺得是真的。

這曹家不是所有人都讓她不喜，至少有些人還是值得她去關注的。

想到這裡，她悄悄的走出去，輕車熟路地先到曹雲傑他們這邊。有些事情既然感知到了，不說她覺得對不起自己的心，所以第一站她選擇了曹雲傑夫妻兩個。

她以為他們夫妻倆還在睡覺，誰想到他們倆都已經起床了，曹雲傑正在院子裡打著養生拳。

「水瑤？這麼早，有事嗎？」

看到姪女突然出現在自家門口，曹雲傑不禁吃驚。他一直看不透水瑤這孩子，不僅是他，連老太太也看不透，所以他才驚訝。

水瑤臉色嚴肅，簡單地把自己的來意說了一下。

「二伯，你趕緊跟二伯母商量一下，估計很快就會來，至於其他人，你看著辦吧，我想我爹那頭已經沒辦法了，不過你也過去通知一下，讓他心裡有個準備。」

水瑤並沒有直接去找曹雲鵬，主要是她不大願意看到齊淑玉，也想這事即便她爹知道了，可他身為當事人，跑不了，也沒地方可跑。

別說是曹雲傑，就連聞聲出來的柴秋桐都覺得水瑤是得癔症了，這沒影的事，怎麼這孩子會編造出這樣的故事來？

水瑤苦笑了一聲。「我也希望不是，但我就是感覺不對勁，總之有準備總比沒準備強。若這時逃跑，估計也不大可能，王爺坐鎮，他能讓曹家的人跑了？至於其他的我也不好說，反正你們趕緊準備，就往最壞的地方想。」

一般人還真的不大清楚水瑤，但歸功於自己的閨女，柴秋桐對這個姪女多少有些深入瞭解。水瑤不輕易管閒事，要是管了，恐怕是真的有事。

想到之前老太太的事，她的心頓時一沈。

「還愣著幹麼，快去找大哥商量，這邊我來安排！」她對曹雲傑說完，立刻看向水瑤，剛想說點什麼，卻見水瑤一欠身。

「伯母，那我走了。」

柴秋桐也知道這事的輕重緩急，水瑤能跟他們說，恐怕這孩子那頭已經安排好了，她也不廢話，提起裙子飛快地跑進屋裡收拾東西。

「你們快去把少爺和小姐都喊過來，要快！」

曹雲傑見媳婦都這樣了，哪裡還敢耽誤，一邊急匆匆的往老大的院子裡跑，一邊想著水瑤說的這些話。

「怎麼了，一大清早的。」

曹雲祖剛給老太太上完香，就見弟弟一副天塌下來的樣子。昨天晚上他作了夢，睡得有些不大安穩，所以起了個大早，沒想到弟弟也起得這麼早。

曹雲傑一把拉過曹雲祖，在他耳邊低聲說了一陣。

「……大哥，不管這事是不是真的，你趕緊做準備，順便通知其他的人，我這就去找老三。」

曹雲祖不禁傻眼，這是什麼情況？他們家有可能要出事，而且還是王爺要對付他們？怎麼想都覺得可怕，之前種種經歷，已經讓他對所有的未知產生了敬畏，哪裡還會質疑，趕緊轉身就往院子裡跑。

曹雲鵬這頭聽到這個消息，也愣住了。

「不會吧，這……這一點消息都沒有，二哥，你開玩笑的吧？」

曹雲傑氣得都想撬開自己弟弟的腦袋看看這裡面裝的是什麼。

「不管是不是真的，你趕緊回屋做準備，逃跑是肯定來不及了，自己身上多藏點東西吧，下一步還不知道會怎麼樣呢……」

曹家其他幾房知道消息後，一陣雞飛狗跳，就在這樣的情況下，官兵來了，把曹家圍得水洩不通。

「曹家涉嫌謀逆之罪，又跟土匪勾結。來人，把曹雲鵬的官服給我扒了，曹家的人全部抓起來！」五王爺親自帶人過來捉拿人犯。

現在曹家的情況比之前還熱鬧，看到官兵來了，跑的跑、躲的躲，可惜外面有人把守，就算想逃也逃不了，想藏起來的早就被官兵找到並抓了起來。

水瑤這邊召集了自己手下的人，只吩咐大家趕緊把春夏秋冬的衣服都穿到身上，能穿多少就穿多少，有銀子的自己想辦法藏起來，別讓人搜到就行。

她這邊準備妥當後，官兵剛好來了，看到她這個院子的人還算配合，也沒為難他們。

「小姐，我們以後該怎麼辦？」別看大家挺配合的，這心裡都害怕著呢，有人便大著膽子問出來。

水瑤搖搖頭。「我也不知道，看天意吧，只要別反抗，官兵就不會為難大家，走吧。」

此時院子裡已經跟菜市場沒區別了，尖叫聲、哭喊聲夾雜在一起，即便水瑤不怎麼害怕，也不由得跟著捏了一把冷汗。

看情況，恐怕這事無法善了啊。

「水瑤，快過來！」柴秋桐看到水瑤他們這一院子的人被押送過來，趕緊朝她招招手。

水瑤走過去低聲問道：「說什麼了？」

「謀逆。」

就這兩個詞，水瑤的心頓時就沈到谷底。如果是這樣，恐怕在場的人都得跟著完蛋。

看到前面正跟官兵交涉的曹家男人，水瑤此刻也不禁手腳冰涼。這謀逆的罪責絕對不能認，那可是殺頭之罪。

她偷偷跟柴秋桐咬耳朵。「伯母，這罪不能坐實了，這後果妳是知道的。」

柴秋桐也著急。「那該怎麼辦？水瑤，妳也幫著想想辦法啊！」

水瑤苦笑一聲，摸摸鼻子，只留下一句話。「看好哥哥、姊姊，我去去就來。」

說罷，她轉身往前走，看老爺子他們又是跪地、又是哭著解釋，只是看樣子應該沒用。

看到那個高高在上的男人，她不用猜也知道對方是誰，雖然沒打過交道，可這人她前世見過。要真說起來，五王爺其實人不錯，一個閒散王爺，不理朝政大事，只是這麼一個人，也不知道這次怎麼會被委以重任？

水瑤不是沒仔細觀察五王爺的神色，她發現那人看自己父親的眼神裡，多少帶了一些同情。

水瑤料想得沒錯，五王爺在見到曹雲鵬後，心裡的確對這人帶了一絲同情之色。益州老百姓對這個知府的評語相當不錯，至少他一路走來，還沒見過哪個老百姓對一個當官的有這麼高的評價，只是曹家這事，干係太大了。

「王爺，民女有話要說。」

水瑤想上前，卻被官兵攔住了，她只好大聲開口。

五王爺看向人群，發現說話的竟然是一個年紀不大的小姑娘。按理說，他可以不理會，若每個阿貓阿狗都想跟他說話，那他這個王爺豈不是一點地位都沒有了？

不過他竟然鬼使神差地答應了。「放開那個孩子，讓她過來說話。」

其實王爺更佩服的是水瑤的氣魄，跟身後那些大人比起來，這個孩子敢在這個時候挺身而出，更讓他高看一眼。

水瑤過去撲通一聲跪在地上，隨即磕頭。「民女要是衝撞了王爺，還請您老恕罪，可這些都是我的家人，我不能眼睜睜的看著大家被冤枉。

「王爺，聽說我們曹家是謀逆之罪，您老可有證據證明曹家與人勾結，妄圖顛覆朝政？」

還沒等王爺開口，身邊的人怒斥了一聲。「大膽刁民，竟然敢這麼跟王爺說話，妳以為妳有幾個腦袋?!」

五王爺難得脾氣溫和的擺擺手。「無妨，讓她說。小姑娘，關於曹家的事，我不知道妳一個小孩子知道多少，但前朝餘孽這點，妳總不能否認吧？曹家還藏有前朝開啟寶藏的東西，這個你們也不能否認吧？那妳再給我解釋解釋，曹家為什麼還能從劫匪的手中拿回銀子？我還是頭一次聽到這樣的事情，這可洗脫不了曹家跟劫匪有勾結的事實，妳說呢，小姑娘？」

五王爺難得心情很好的跟水瑤說了這麼多話。

水瑤嘆口氣，苦笑了一聲。「王爺，您老說的土匪之事，我們也想知道，可是土匪偏偏就這麼做了，要說理由，恐怕您真得去問問那些劫匪了。更何況事出有因，我大伯被他們綁架了，如果曹家真的跟土匪有什麼勾結，何必多此一舉呢？直接給銀子不就解決了，還把這事鬧得沸沸揚揚的，我們也是被逼無奈啊！

「王爺，咱們都有家人，這事換個立場思考，您覺得我們應該怎麼做？您也知道，曹家之後不是沒派人去剿匪，我們也擔心這些人再去禍害別人或是做些危害朝廷的事情，這樣難道還不能說明曹家的態度嗎？」

五王爺摸著下巴，一臉玩味的看著水瑤。「好，按照妳的理由，或許也解釋得通，那傳家寶的事情，妳又怎麼解釋？」

水瑤又接著磕了個響頭。「王爺，小女子接下來說的話，您老可千萬別責怪，有說得不對的地方，您可以斥責我，也可以打我，但千萬別因為這事牽連了曹家。」

五王爺嘴角噙著一抹笑，心想這個小丫頭究竟是曹家哪房的，膽子這麼大？

「小姑娘，妳總得讓我知道妳是誰吧？」

水瑤看了一眼曹雲鵬，跪著回道：「王爺，他就是我爹。」

看著閨女指向自己，曹雲鵬點點頭後又猛磕頭。「王爺，這些事都跟孩子無關。」

五王爺手捋鬍鬚，滿是笑意。「這小丫頭有點意思啊，沒想到曹雲鵬竟然還有這麼一個出息的閨女。」

當然，水瑤姊弟的事，五王爺多少也瞭解一些，主要是這事當時傳得挺邪乎，對眼前這個敢進言的孩子，他到底還是多了一分寬容之心，況且這丫頭的年紀跟家裡的孫女差不多，他看水瑤的心態自然就跟看曹家其他人不同。

「行，准了，妳說吧。」

「王爺！」

身邊的人搞不懂王爺今天是怎麼回事，按理說這小姑娘膽子大，他們佩服歸佩服，卻不合常理，雖是在辯解，但又何嘗不是在聲聲控訴他們冤枉了曹家呢？

所以誰都不願意再讓水瑤繼續說下去，這簡直就是妖言惑眾，巧言令色。

五王爺端坐在椅子上，擺擺手。「無妨，讓她繼續說，我倒是想聽聽一個曹家的孫女都是怎麼看待曹家這些事的。」

「王爺，既然說到傳家寶，那就不得不說曹家的先祖，因為有了先祖，才有傳家寶這個案子。照理說，我一個做孫女的不該在人前議論老祖宗的事情，畢竟大不敬，但事有輕重緩急，已經涉及到生死的問題，我也就顧不上規矩了。」水瑤道。

「傳家寶的事情，想必你們也調查過了，那個東西是什麼來歷，我雖然不是很清楚，但也知道這個東西是先祖遵守承諾替人保管的，至於這東西究竟能幹什麼、又究竟是真是假，我是真的不知道，因為我自始至終都覺得那只是個傳說。這麼多年過去了，曹家拿著這個東西，根本就沒有其他的想法，這些你們也都可以去查，要不是因為我大伯的事，恐怕這東西會純粹當作一個承諾而傳承下去。」

水瑤頓了頓，繼續道：「要說前朝餘孽，這可真的嚴重了，咱們所有人都往上數數，哪一家不是在前朝生活過的？哪一家不是一代代傳承下來？這麼說來豈不是所有的人家都成了前朝餘孽了？

「王爺，或許您老覺得我在狡辯，但我希望您能三思，曹家沒有反叛的心思，更沒有要謀逆的舉動。」

五王爺看著眼前這個直磕頭的小姑娘，說沒有感觸那是假的。之前他也在猶豫這事該怎麼處理，不處理，皇帝難做；處理的話，這個尺寸不好把握。

他嘆了口氣。「妳先起來吧。妳爹是朝廷命官，對他以及曹家的處理，我就算是個王爺，也沒權力說了算，這個得等皇上來定奪。不過，曹雲鵬，你應該慶幸你有這麼一個好閨女，聽說你當初拋棄前妻，恐怕這位小姑娘就是你前妻生的吧？我雖然不管你的家事，但做為男人，我勸你一句，做人得講良心，良心要是沒了，即便當官，也做不了什麼好官。」

對水瑤的請求，五王爺並沒有立刻答應，只是讓她退後，讓人開始清點名冊。

這一清點，就發現曹家的曹雲軒和曹雲逸不在，而且還多了三個異姓的孩子。

「這是怎麼回事？」

水瑤又上前一步。「回王爺，事情是這樣的，當初我爹是被養父和養母養大的……」

第七十八章

水瑤簡單的述說了下前塵往事，見王爺不解地看著她，又繼續解釋道：「後來，我們回來了，卻得知我娘與我爹和離了，我爹要讓我們回來，我就跟他談條件。您也知道，不是所有後娘都是好的，我也是為了以防萬一，因此我們的戶籍並沒有落在這裡，依然還是從他養父的姓氏『雲』。現在我是戶主，我的弟弟和妹妹在我的戶籍名下。」

聽完這些，五王爺還有什麼不明白的，看向水瑤的眼神帶了些讚許和欣賞。

看五王爺盯著她沈默不語，水瑤有些發毛。「王爺，像我們這樣的情況，離國律法上都是怎麼處理的？」

五王爺不由得咧嘴大笑。看來這個丫頭心裡明白啊，看那小心翼翼的樣子，怎麼都看不出這孩子竟然是個這麼有本事的人。

「離國的律法是有這麼一條，像你們這樣的情況，即便是擁有曹家的血脈，可從意義上來說，你們不是曹家的人，所以曹家的事情跟你們沒有任何關係，小丫頭，妳現在可以收拾東西離開了。」

水瑤朝五王爺再次叩首。「謝謝王爺。小女子還有個不情之請，請您看在我祖母才剛過世的分上，就在這裡關押曹家的人吧，讓他們為我祖母盡點最後的人子本分。」

見小姑娘眼巴巴的看著自己，五王爺笑了。「沒問題。」

曹振邦已經被這個孫女給驚呆了，他沒想到最後為曹家站出來的竟然是這個孩子。

老淚順著臉頰縱橫交錯，他不知道是該開心還是後悔，當初他們就沒善待這個孩子。

「來人，緝拿在外面的人，男人和女人分開關押！」五王爺命令道。

水瑤走到人群前，深深的一鞠躬。「各位長輩，各位哥哥、姊姊、弟弟、妹妹們，你們多保重。」

話音剛落，曹可盈尖銳的聲音突然響起。「憑什麼她沒罪，她可是我爹的親生女兒！」

還沒等曹雲鵬說話，老爺子第一個不讓。「住嘴！」

好不容易保住三個孫兒，可不能讓這個倒楣孫女給壞了大事，曹家未來如何，他已經無法預料，能保一個是一個。

水瑤並不理會，徑直走到柴秋桐跟前，深深一鞠躬。「二伯母，感謝妳在我們進府之後對我們的關照。」

柴秋桐順勢把懷裡的一疊紙偷偷塞到水瑤懷裡，什麼也沒說，其實這麼多人在跟前，她也沒法說。

水瑤當然能感覺到胸口被塞了東西，但她沒吱聲，一路走過去。投在她身上的眼神有羨慕、有妒忌，也有滿含期望的，甚至還有憤怒和怨恨，不過這些都跟她沒關係了，她沒那麼大的能力在這裡扭轉局勢，只能明智地選擇先自保。

「丫頭，保重，曹家對不起你們。」

這是曹振邦最後對水瑤說的話。對這個爺爺，水瑤瞭解不多，也沒什麼感情，不過就衝著他最後說的話，水瑤還是微微欠了欠身子，然後在兵丁的護送下離開，到自己的屋子去收拾東西。

她已經讓徐倩他們把貴重的東西帶走，能收拾的也只是幾件衣服。

走出曹家大門，水瑤有些恍惚。現在回想起剛才那一刻，她都有些後怕，這一門之隔就是兩個天地。

她回頭望了曹家一眼，深深的嘆口氣，毫無留戀地轉身大步離開。

剛轉過胡同口，她就看到一輛馬車停在那兒，裡面的人還時不時伸出腦袋朝街上探看。

「小姐，妳總算出來了，都嚇死我了！」徐倩看到水瑤，立刻從馬車上跳下來。

水瑤轉頭看向身後，發現目前還沒人跟蹤，便道：「咱們快點離開，就去原先那個院子。」

在車上，水瑤才簡單地跟徐倩說了一下曹家的情況。

「謀逆？這可是死罪啊，曹家以後豈不是要完蛋了？」徐倩驚道。

水瑤笑道：「好在當初回曹家前我就做了兩手準備，雖然人回去，可戶籍不落曹家，依然還是繼承雲家那邊的身分和戶籍。其實我已經讓莫成軒在建業縣那邊給我單獨立了女戶，我娘他們都掛在我的名下。」

徐倩點點頭。「要不是妳當初留了這麼一手，即便雲崢他們出來，也會被通緝。」

水瑤臉上並沒有太多的喜色。曹家人雖然跟她沒多大關係，但終究無辜的比較多。

「可惜，我自救尚且使出渾身解數，其他我什麼都做不了，我爹還在那裡呢。算了，走一步看一步吧，雲崢和雲綺他們還安全吧？」

徐倩點頭。「徐五就在原先的那個院子等著妳。」

水瑤不知道她走了之後，曹家人都是怎樣的情況，女人被關在她娘原先住的院子，便開始抱怨了。

有的人歇斯底里，有的人在謾罵老太太要分家不分家，這下好了，曹家的人都跟著完蛋，齊淑玉她們幾個則是在罵水瑤。

水瑤的離開徹底刺激了她，憑什麼那幾個賤種可以活著，她的兒女就要面臨被殺頭的命運？她覺得老天爺不公，她明明是尊貴的官家小姐，憑什麼要遭受這一切！

她的詛咒聲連柴秋桐都聽不下去了。

「妳消停點吧，我勸妳啥也別想，想也沒用，能活一天咱們就好好的活，照顧好孩子。明天我們的命運會怎麼樣，那還得等皇上發話，且王爺還在這裡，有些話我勸大家少說，畢竟我們還要指望王爺幫曹家多美言幾句。好了，大嫂，咱們來分配一下房間，也不知道這裡有多少被褥……」

可她們找遍了整個屋子，也沒找出幾床被褥，更別提炭了，現在龔玉芬是萬分後悔，早知道會有今天，她一定會給洛千雪這院子多配給一些東西啊！看看這空蕩蕩的屋子，什麼都沒有，就那幾床被褥都不夠眾人搶。

看到大家再次為爭奪被褥而拉扯，妯娌倆齊齊搖頭嘆了口氣。

「算了，咱們身上穿的衣服也夠多，先將就一下吧！」

之後，兩人摟著孩子坐在角落裡，想著各自的心事。

「也不知道我娘他們知道這事會是什麼反應，應該會想辦法來救我們吧……」龔玉芬自言自語道。

柴秋桐嘆口氣。「估計這時候誰都不敢沾惹曹家。」

曹燕琳姊妹兩個哆哆嗦嗦地偎進柴秋桐的懷裡。直到現在，她們還搞不清楚這中間究竟出了啥事，怎麼一睜開眼睛，家裡就變成這樣了？

柴秋桐一邊拍著兩個孩子安慰，一邊想著水瑤的事情，希望那個孩子在外面能想到辦法，其實其他的曹家人她都不看好，可她心裡卻無比信任這個才十來歲的孩子。

「早知道會這樣，我也弄個女戶啊！這下倒好，跟著倒楣，我今年真是流年不利！」曹可盈心裡依然憤憤不平。那個水瑤怎麼就沒事呢，她也是爹的孩子啊！

齊淑玉心情自然也好不到哪裡去，就更加沒精神去勸自家孩子了。她蔫蔫地坐在椅子上，後悔當初怎麼沒早點跟曹雲鵬和離？要是和離了，這場禍事跟她就沒什麼關聯了。可惜人算不如天算，倒是便宜了洛千雪和那三個小兔崽子。

同時，她心裡也在琢磨，家裡的人要是知道她現在的處境，會不會想辦法救她出去呢？這樣想的可不只有齊淑玉一個人，有娘家的人心裡都在暗自祈禱，希望家人能在外面加把勁，努力為她們洗刷冤屈。

外面的人聽說曹家的人被抓了，紛紛議論起此事。

大家至今都還記得曹雲鵬這個知府老爺當初的所作所為，尤其是那場瘟疫，曹雲鵬可是帶著一家人留在這裡跟他們共進退呢！因此有些膽子大的就跑到曹家門口為知府老爺請願。

五王爺知道後，笑道：「挺有意思的，沒想到這個曹雲鵬還有些人緣，看來他這個官也不是稀裡糊塗在做。可惜啊，曹家的事一時半會兒也說不清楚。對了，曹家的人審問得怎麼樣了？財產查得如何？」

「他們能交代的基本上也是我們所掌握的，至於那些劫匪，只有曹振宇和還在逃的曹雲軒接觸過，不過曹振宇也沒見到對方的真容，說是戴著面具，而海上那邊估計是這些人的老巢，曹雲鵬也派人圍剿過，不過沒什麼收穫。

「至於曹家這邊還在清查，據我所知，各房私下所擁有的財產比這個大房都多。」

聞言，五王爺冷笑了一聲。「難怪傳聞曹家不和，就他們這麼個貪法，能和才怪。八王爺那頭現在是什麼情況？」

「前天八王爺帶人出去尋醫問藥，昨天晚上則是接見了拜訪的官員，今天一大清早帶人出去了，說是到周圍轉轉。王爺，您說這八王爺不會一直跟咱們待在這裡吧？」

「那還得看他藥找到了沒，總之讓人盯緊一點。」五王爺別有意味的笑了笑。「那個小姑娘怎麼樣了，離開益州了？」

說起水瑤，下屬也是一臉不可思議。「這個小姑娘有點意思，聽說去了一座宅子後就再也沒出去過，想必是不捨得曹家的人吧？」

五王爺搖搖頭，臉上帶了一抹笑意。「她啊，我看不會。曹家的事咱們也不是沒聽說過，就那個後娘也不是什麼好人。這小姑娘除了年紀小，膽色和見識還真是一般小姑娘不能及的，說起來這曹家還真是有眼無珠。」

兩人說著說著，就說到齊仲平的身上。

「那個齊大人還想求我幫他閨女說說情呢，不過讓我給推辭了。王爺，您知道那個齊大人說什麼了？估計您都沒想到，好歹他也是做官的，竟然想在這個時候讓他閨女跟曹雲鵬和離。」

五王爺靠在椅子上，眼裡全是不可思議。「齊仲平好歹也為官這麼多年，竟然會說這樣的話，這老狐狸究竟想幹什麼？其實依照曹雲鵬進士的身分，絕對不會娶他家一個庶女為妻，這其中說不定有什麼咱們不知道的勾當。你回頭查一下齊家，我覺得益州的這片水有些渾了。」

「是，我這就去辦。」

另一頭，水瑤正在屋子裡等消息。她已經派人去通知柴家，也不知道柴秋桐的父母會不會想辦法幫忙說情？

「小姐，去柴家的人回來了。」徐倩稟報道。

水瑤迫不及待地讓人進來仔細詢問一遍，可惜得到的結果讓她有些失望。

「柴家只說這事他們知道了，謝謝妳的告知。」

看著手中的這一疊紙，這是當初柴秋桐塞給她的關於他們的財產。水瑤現在有些慶幸，幸好沒把這東西直接送回柴家，或許二伯母也不希望她把這東西送回去，那她就留著吧，一旦曹家有點轉機，這東西或許就是他們活下來的根本。

徐倩有些摸不清柴家的打算。「柴秋桐不是柴家的嫡女嗎？都這個時候了，他們怎麼會是這種態度？」

水瑤冷哼了一聲。「曹家是什麼罪名？那可是謀逆。除非他們傻了，否則現在誰會往跟前靠？再說柴家也不光是二伯母的父母當家，各家有各家的苦，沒有父母會希望孩子出事，可如今這種情況，他們也只能尋求自保，畢竟若皇上來個滅九族，那柴家也會跟著倒楣。唉，這事可難辦了。」

說完，水瑤像是想起什麼，問道：「對了，曹雲軒和曹雲逸找到了沒？」

徐倩搖頭。「目前還沒聽到消息，衙門那邊依然還貼著通緝令呢，不過四爺和五爺這兩個人平常都神出鬼沒的，官府想抓到人恐怕也沒那麼容易。希望他們都平安，怎麼也得給曹家留點血脈不是？」

「希望如此。」

話音剛落，崔武就走進來。「小姐，曹家門口聚集的人越來越多了，這些人都是來為知府老爺請願，聽說還弄了什麼連署。」

水瑤疑惑地問：「是咱們的人做的？」

崔武搖頭。「妳和老大都沒發話，我們哪會去管？不過我覺得背後肯定有人煽動，要不然不會有這麼多人過去，即便知府老爺官聲不錯，可在這個當口，大家就算心有想法也不敢直接來，至於這推手，我想許是曹家的姻親吧，總之肯定不是曹家的那些族人。我聽說自從曹家出事後，那些人跟縮頭烏龜沒什麼區別，就怕受到牽連，有些人已經搬走，不能搬走的也是家裡太窮了，沒地方去。」

水瑤想了一下，有這個能力的也就那幾家，不過她不覺得龔家會在這個時候跳出來，齊家就更不會，那唯一的可能便是柴家了。

別看柴家不出頭，說不準他們會暗地裡來，至於其他家，她雖然沒見過，但傳聞還是聽說過的，都是依靠曹家活著的人，現在怎麼可能有那個本事？

「讓咱們的人也幫著推波助瀾一下，成不成不在咱們手裡，端看皇上怎麼處理了。」

第七十九章

水瑤這幾天一直讓徐五關注那兩個叔叔的下落，可惜兩人好像突然消失一般，根本就打聽不到任何的消息。

「先不管他們了，你明天帶著雲崢和雲綺離開這裡。」

雲崢一聽說要送走他們兩個，小傢伙就不樂意了。「我不走，姊，妳都留在這裡了，我們不能拋下妳。」

雲綺摟著水瑤的腰，靠進她的懷裡，軟軟地道：「姊，我也不走。」

即便是兩個孩子，也知道這到底是怎麼一回事，最壞的結果就是殺頭。雖然大家平時沒什麼來往，可都是曹家人，就算不喜歡他們，也還沒恨到希望他們掉腦袋的程度。

「姊，有辦法解救曹家嗎？」雲崢問。

水瑤嘆口氣，摟過弟弟。「主動權不在咱們手裡，暫時沒有辦法。你們留在這裡也幫不上什麼忙，先離開一陣子，而且舅舅已經回來了……你們兩個還記得舅舅嗎？」

雙胞胎瞪大眼睛，眼神裡的驚喜顯而易見，雲崢更是迫不及待。「姊，找到舅舅了？」

水瑤道：「是，不過舅舅受傷了，娘在照顧他，你們過去陪娘和舅舅，姊姊留在這裡先看看。記住了，這話記在心裡，別跟任何人說。徐五，聯絡江子俊的人，想辦法把他們送出去。」

徐五有些犯愁。「這事不是咱們能插手的，妳留在這裡也沒什麼作用，不如妳也一起走吧。」

水瑤點點頭。「我知道，但是你別忘了，咱們還有一個敵人要對付，現在曹家的人都被關押起來，要查當初害我們娘幾個的凶手可就沒那麼容易。先不說這些了，雲崢、雲綺，跟姊姊去收拾一下東西。」

江子俊這邊也密切關注曹家的發展，他知道水瑤獨自出來了，所以也沒急著跟她聯絡，還是水瑤找他送走雙胞胎的時候，他才乘機跟水瑤聊聊。

這也是水瑤幾天來頭一次走出家門，她從大門出去，雲綺他們走的是後門。

她到曹家門口看了一眼，還真叫一個熱鬧，可惜她沒有心情去看這些，趕緊趁亂換一輛馬車前往見面的地點。

「現在見妳一面真是不容易。」

也難怪江子俊抱怨，他想過去看水瑤，可那邊已經不安全了，他還不想這麼快就讓對方發現他的蹤跡，只能忍著，這次要不是有事，他還不打算這麼快見水瑤。

「怎麼，出事了？」水瑤現在有些害怕聽到壞消息，這些日子都沒啥好事。

江子俊一聳肩，嘴角的笑容若隱若現。「沒事就不能找妳啊？得了，我真有好事要告訴妳——祁海，這名字妳還記得吧？」

聽到這個名字，水瑤立刻坐直身子。「你說的是那個追我們的頭子？」

江子俊笑著點頭。「不錯，沒忘就好。我們抓到這個人了。」

「抓到了？」水瑤震驚，滿臉都是疑惑。

江子俊給自己倒一杯茶水，邊喝邊跟水瑤解釋情況。

「是，張二虎幫的忙，說來這事也是趕巧，要不然我們還撿不到便宜。祁海被他們內部的人處理掉，不過他很幸運，僥倖活了下來。」

水瑤見過張二虎這個人，他是耿三的結拜兄弟，力氣很大。

江子俊繼續道：「抓到他的時候他全身是傷，幸好張二虎趕過去了，不然還不知道什麼時候能抓住人呢！這祁海也算命大，在海裡泡了那麼久都沒死，也不知道是老天爺眷顧他還是可憐我們，把他給我們送來了。」

水瑤對抓到祁海一事非常感興趣，有這人在手，那個殺手頭子就能抓到了吧？

「不過妳別抱太大的希望，這祁海是條漢子，死活不招認綁架妳舅舅的事，我猜他也是擔心如果這事洩漏出去，他的家人會慘遭毒手吧？」

水瑤點點頭，道：「得，我走一趟。人在哪裡？」

江子俊朝下面指指。「在地下室裡關著，我陪妳下去。」

聽到有人來了，祁海動了一下，可他的眼睛被蒙起，全身被綁著，也不知道究竟來的是誰。

水瑤冷哼了一聲。「祁海，聽到我的聲音，你應該認出我是誰了吧？追我們娘幾個這麼久，不會連我的聲音都忘了吧？」

祁海身子一晃，他作夢都沒想到眼前這個開口說話的人竟然認識他，不過饒是這樣，他還是強裝鎮定。「我不認識妳，妳認錯人了。」

水瑤怒極反笑。「祁海，你不用這麼急著反駁，真的假不了，假的也真不了，沒點證據，你以為我會隨便抓人？你那聲音早已刻在我的腦子裡，這輩子我都不會忘記，你還記得你們往懸崖下面扔石頭和暗器時，是怎麼說的？」

水瑤把祁海當初的話一字不漏地說出來，祁海的腦袋頓時就垂下來。

「還有，你跟那個女的在茶樓說的話我也聽到了，而且我也見過你的臉，別跟我說你還有什麼孿生兄弟，這事我也查過了，你根本就沒有。好了，你還有什麼藉口，一併說了。」

聽水瑤已經找到自己家門口，祁海的情緒立時激動起來。

「我的事跟我家人沒關係，有本事妳直接殺了我，要是敢動我的家人，老子就是做鬼都不會饒你們！」

江子俊衝過去踢了他幾腳。「爺我好吃好喝的照顧你，還給你治病，你他娘的良心都讓狗吃了，還不放過我們，你起來試試，看看你有這個本事？你以為你是誰，只不過是殺手組織裡的一個小嘍囉，給你一點臉色，你還真的開起染坊了，有本事，就別做那些喪盡天良的事，做了還不敢承認，算什麼大丈夫，狗熊還差不多！」

水瑤在一旁拍手。「說得好，你這樣的人，即便我們不殺你，殺手組織也一樣不會放過你的。至於你的家人……你要是不招，我依然會放出風聲，你再看看殺手組織會不會放過你的家人。」

祁海大怒。「你們卑鄙無恥——」

水瑤上前一步，左右開弓，朝祁海的臉開始打，邊打邊罵。「你才卑鄙無恥，連孩子都不放過，要不是我和弟弟命大，我早就死在懸崖下，雲崢早就被你們燒死了。我們跟你們有何仇恨？為了一點銀子，你們簡直喪盡天良，你還好意思說我們……」

兩年多了，水瑤終於找到地方可以發洩了，當初她就發誓，見到謀害他們的人，肯定不會放過。

看到這樣瘋狂的水瑤，連江子俊都心疼了，一下子抱住眼睛都發紅的她。「水瑤、水瑤……放輕鬆，別生氣……」

一直以來，水瑤都是沈著又冷靜，可她心裡有多苦，沒人能知道，要不是這些人以及幕後的主使者，她怎麼會遭受那麼多的苦楚？

祁海的臉頓時腫起來，他吐一口血痰，循聲望向水瑤的方向，沈默了許久才開口。

「這事是我帶人做的，跟我的家人都沒關係，如果我說了，妳能不能放過我家人？」

如果水瑤不知道他的身分，一切都好說，可惜對方不僅知道他是誰，連他家門口都找到了，如果這小姑娘想辦法對付他的親人，那辦法怕有千萬種，他再繼續頑抗下去，一點好處都沒有。

水瑤吐出一口氣。「放心，我這人做事一向有原則，冤有頭債有主，是誰做的，我不會牽連其他人，但是你得說實話，若不配合，我也不會堅持我的原則。說，這事是誰指使你做的？還有你們這個殺手組織到底是怎麼一回事？」

祁海嘆了口氣。「把我的眼罩拿開吧，我知道即便我交代了，也難免一死，我手上的人命太多，才會有今天這報應。」

水瑤看了江子俊一眼，原本還想提醒他一下，不過江子俊已經過去解開祁海的眼罩，語氣冰冷地道：「人，你已經看到，即便是死了，你也不冤枉了。那個組織作孽太多，為了你的家人和孩子考慮，你就統統說出來吧！」

或許是心結打開，又或許是放下了包袱，祁海交代起來也不含糊。

「指使我們對付你們娘幾個的是曹家的人，一個叫蘭香的丫鬟，聽我表妹說，那丫鬟的主子是曹家三夫人，當時對方的目的就是阻止你們到曹家，倒也沒讓我們殺人，說是把你們賣了，把妳娘姦了，那銀子歸我們。

「不過就在這同時，我又接到另外一項委託，是個叫夏荷的人，她也出了一筆銀子，讓我們殺了你們，所以事情就變成今天這樣。」

水瑤的手不由得攥緊。蘭香是齊淑玉的丫鬟，和他們沒啥仇怨，若沒有主子指使，這個丫鬟根本就沒道理做這種事，所以齊淑玉得算一份。

但另外一個人她就不明白了，夏荷已經自殺，是誰指使她的，恐怕死無對證了。

看水瑤沒吱聲，江子俊繼續追問。「那殺手組織呢？你是怎麼進去的？他們都在哪裡活動、駐紮？主子又是誰？」

對於這個問題，儘管祁海答應全部交代，可真要張嘴說出他所在的組織，心裡也不由得一陣發寒。

他嘆了口氣。「我之前跟人學了拳腳功夫，後來出去闖蕩，認識了一些人，他們就拉我入夥。剛開始是四處跑，上面吩咐什麼，我們就怎麼做。第一次殺人時，我也覺得害怕，可時間長了，我也麻木了，後來就因為我私下接了案子，才會造成今天的殺身之禍……

「其實我們這個組織裡的人根本不知道誰是誰，只知道代號，我們的名字和家裡情況只有上面的大頭知道，不過到現在為止，我連我們的頭兒長什麼模樣都沒見過，因為那個人根本就不以真面示人，就連左右護法都戴著人皮面具，以前我還不懂，是組織裡的一個人提醒了我們，這才知道……」

江子俊越聽，眉頭皺得越緊，怎麼感覺這殺手組織比皇宮內的侍衛都要嚴格，要是真像對方說的那樣，根本就沒辦法找到他們的幕後主使者。

水瑤在一旁問：「曹家被劫的事，你是怎麼看的？」

祁海道：「那時候我已經出事了，不過這事我後來聽說過，曹家能從我們手裡拿回東西，我個人認為不大可能，除非有人發話，或是因為某種我們不知道的原因。至於他們在哪裡，我現在也不清楚，島上後來被人毀了，他們肯定是搬走了，對了，城裡有他們的兩個聯絡地點……」

這兩個地點江子俊也知道，可惜都廢了。「還有沒有別的？自從我們救人開始，那地方已經沒人了。」

祁海搖頭。「剩下的我就不大清楚，你也知道，我的地位在組織裡並不高，只是年紀稍微大了點，所以跟我一起行動的殺手就喊我大哥。我倒是聽頭子說過，如果幹得好，說不定以後會給我們封個官，至於詳細是什麼情況，他也沒說，只在吃飯時說過這麼一嘴。

「還有，以前在益州活動時，我們也有在塔樓那個地方碰頭，因為地勢高，可以看到周圍的情況。」

江子俊還是搖頭。「這地方已經暴露了。你再想想，他們還有可能搬到什麼地方去？」

祁海搖頭。「我真的猜不出來，我們活動的範圍太大，上面怎麼吩咐的，我們就怎麼做。」

祁海把能交代的都交代完，水瑤也在心裡琢磨這事該怎麼處理，如果直接殺了祁海，倒是一了百了，可是讓江子俊他們手裡沾上人命，有些不大妥當。雖然這人該死，可她覺得直接殺死祁海，並不能發揮他最大的作用。

「派人好好照顧他，咱們先上去。」水瑤對江子俊道。

祁海交代完後，已經都做好要受死的準備了，可水瑤並沒有當場要了他的命，這讓他有些不明白，這小丫頭葫蘆裡究竟賣的是什麼藥？
到上面後，水瑤才說出自己的想法。
「我認為可以把這個人送給五王爺，那傳家寶的事情正好讓五王爺來接手，但這又涉及到一個問題——曹家已經是這樣的結局，我不希望傳家寶這些後人，也包括你，成為第二個曹家。所以這事就難辦了，既想讓官兵插手這些人的事，又不想傷及無辜。」
曹家已經是一個先例，江子俊也想不到更好的辦法。「要不咱們直接把那個齊淑玉給處理得了，至於另外一個人……我怎麼覺得對方就是想讓咱們把注意力轉到齊淑玉身上？」
水瑤點頭。「恐怕這個人也在曹家，只是咱們不知道是誰罷了。不如這樣，我去找五王爺談一下，看看能不能有所進展，至於祁海就別出頭了，讓五王爺審問蘭香，或許也是個缺口。就這麼定了，明天我就過去。」
江子俊心裡不是沒有擔憂。「妳這麼說，五王爺會問，妳怎麼知道是蘭香，妳該怎麼回答？」
水瑤笑了一聲。「這好辦，就說是祁海臨死時交代的，當然，我不會說出他的名字。」
江子俊雖然擔心，可是並沒有阻止，這未嘗不是一個解決的方法。「行，那妳去試試，別把自己搭進去就行。」
至於祁海這個人，暫時先留著，反正人在他們手裡，是死是活，自然由他們說了算。

第八十章

第二天，水瑤登門拜訪五王爺。

「你說那小姑娘來了？」

五王爺聽說水瑤求見，連他都覺得不可思議，都這個時候，一般人恐怕早就跑遠了吧，怎麼還會在這個風口浪尖上繼續留下來？

其實五王爺可以選擇不見的，誰沒事會跟一個小姑娘鬥嘴玩啊？尤其是水瑤這小丫頭，那嘴皮子連五王爺都覺得有些說不過她。

不過今天他正好沒什麼事情，他倒是想看看曹家這小姑娘究竟想幹什麼，能給他帶點什麼驚喜？

「讓她進來吧！」

再次見到五王爺，水瑤心裡沒之前那麼害怕了，不過還是撲通一聲跪在地上。「求王爺給小女子做主，我要告齊淑玉……」

水瑤把他們娘幾個在路上遭遇的事一一跟五王爺說了一遍。

聽完水瑤他們的經歷，五王爺同情歸同情，可心底不是沒有疑惑。

「妳有什麼證據斷定是齊淑玉做的？」

水瑤把自己事先編好的藉口跟五王爺說出。「因為之前我聽過那個男人的聲音，後來到了曹家，有一次外出，碰到了那個男人，他跟他的表妹在一起，也是商量著要害我們，當時我跟我的朋友一起追了出去，看到那男人的臉，不過讓他給逃了。至於那個女的，她後來也死了，之後我朋友碰巧遇到了這個男人，他被他同夥拋棄，人已經快不行了，臨死前才交代這些。」

五王爺雖然半信半疑，但水瑤既然敢說出來，想必也不是沒影的事，接下來若審問蘭香，或許就能知道這幕後主謀究竟是誰。

「行，小姑娘，這事我先答應妳，可如果這個蘭香不承認，這誣告之罪妳可要想清楚了。」

水瑤點頭，該說的事情已經說完了，她本想開口告辭，考慮再三後還是抬頭看向五王爺。「王爺，其實曹家這些只是小事，真正的大事是威脅曹家交出傳家寶的那夥人，他們怎麼會知道得這麼詳細？如果他們是普通的劫匪，那我不會多說什麼，可我覺得他們別有目的。」

五王爺意味深長地道：「小丫頭知道的還不少呢，這事我們也在查，可是對方根本就沒有留下蹤跡。妳放心，我們肯定不會放過壞人，也不會輕易冤枉好人。」

水瑤突然想起帶來的東西。「王爺，這是關於齊仲平的一些資料，不知道對您有沒有用。」

水瑤把帶來的東西放在五王爺面前，鞠了個躬後就轉身離去。

五王爺心情有些複雜的看著遠去的小姑娘。

他們要查齊仲平的事不假，可沒想到這小姑娘竟然悄無聲息的掌握了齊仲平的一些資料，他想像不出這個小丫頭為什麼會有這麼大的本事。

「小姑娘的背景查得怎麼樣了？」

五王爺派人去查水瑤這兩年的資料，看到手下送來的幾張紙，五王爺認真看起來。

他邊看邊嘆氣。「我就說呢，為什麼這孩子會對曹家如此態度？那曹雲鵬就是個傻子，簡直欺人太甚，我真不明白他怎麼會中進士？」

謀士在一旁解釋道：「曹雲鵬這個人還挺聰明的，做事清廉，這幾年在益州算是做了些好事，想必曹家也希望這個兒子能走得更遠，所以很多事情並不會太依賴這個兒子。這也有個壞處，那就是把他們自以為好的東西，強加在這個人的身上……聽說齊仲平的女兒就是這家老太太強塞給兒子的，跟前妻和離恐怕也是這個原因，據我們所知，這個齊淑玉雖說不上寵妾滅妻，卻也八九不離十。」

五王爺冷笑了一聲。「難怪，這都是有跡可循的，所以齊淑玉嫁過來後，讓曹雲鵬也變成那樣的人。哼，小婦養出來的終究難成大器，不入流的手段都使上了，還拿來對付孩子，這女人可真夠毒的。你派人去審問蘭香，若是不招，大刑伺候，至於這些，拿去核對一下是不是齊仲平犯下的，如果是，齊家就是下一個曹家。」

水瑤自從進了五王爺在這裡的居所，江子俊的心就一直提著，他守在外面的馬車上，直到水瑤走出來。

「快，上來。」

水瑤搭著江子俊的手，一躍上了馬車。車夫一揮鞭子，疾馳而去。

「王爺沒把妳怎麼樣吧？」江子俊問。

水瑤笑了一下。「一切平安無事，他們說今天就會開始提審蘭香，讓我明天再去聽消息。」

說著，她嘆了口氣。「希望蘭香能起一些作用，不過我總覺得曹家好像走了楣運似的，意外一齣接著一齣。」

這時途經曹家，江子俊看了一眼外面的人群，其中不乏看熱鬧的，也有真心為曹雲鵬請願的。

「這五王爺的目的明確，可我到現在都還搞不清楚，八王爺這個人究竟是過來幹麼的，整天也沒看他做正事，不是遊山玩水，就是接見那些拜訪者，我看他可真夠忙的。」

水瑤看著車外的人群，說道：「我看他的遊山玩水是有目的的，咱們的人有發現了嗎？」

江子俊搖頭。「就是沒有我才納悶，還不能跟得太近，弄不好那就是殺頭之罪，我想他或許是在尋找藏寶的地方吧？」

水瑤點頭。「我猜也是，只是那地方到底在哪裡，他們恐怕也不甚清楚，只知道些皮毛……你爺爺那頭也沒說？」

江子俊搖頭。

水瑤靠在車廂上，臉上帶了一抹嘲諷的笑。「讓他們找吧，即便找到了，也打不開寶藏。」

此時車內一片安靜，水瑤腦中突然想起那個夢，以及之前到過那地方時，護身符的異常反應，心裡咯噔了下——

難不成那地方就是藏寶之地？

雖然她不擔心對方能找到寶藏，可如果派人守在那個地方，是不是就能將敵人一網打盡了呢？

她想到自己和江子俊手裡的人，如果弄不好，他們這邊有可能全軍覆沒。

「或許我知道藏寶的地方。」水瑤突然開口，聲音卻很小。

這句話差點沒把江子俊給驚跳起來。「妳真的知道？」

水瑤撓撓頭，也是一臉困惑。「我不確定，但我總覺得可能是……要不咱們試試看，如果是的話，咱們可以在那個地方守株待兔。」

江子俊比水瑤要謹慎許多。「這事回去再說。」

雖然在馬車裡，聲音小，可他也擔心讓路上的人聽到，這事可是事關重大，千萬不能走漏風聲。

馬車先到了他們之前見面的地點，一進屋，江子俊就迫不及待的追問藏寶地點。

水瑤擺擺手。「你別著急啊，在王爺那邊，我嚇得連口水都沒敢喝，我先喝口水再說。」

江子俊急得來回踱步，卻也沒法催促這個小丫頭，害得水瑤噗哧笑出來，嘴裡的水差點都要噴到江子俊臉上。

江子俊無奈地看著眼前調皮的小姑娘。「妳這丫頭倒是快說，到底是在什麼地方？」

水瑤道：「那地方你也知道，你還記得當初我們被土匪綁架到山上的那一次嗎？」

江子俊點頭。「難道在山上？」

水瑤搖頭。「東西或許是藏在山上，可那入口就未必在山上了，你還記不記得咱們一起去過的那間龍王廟？」

這句話讓江子俊如夢初醒。「妳的意思是……那條龍？」

水瑤伸出大拇指。「答對了，我懷疑就是那條龍，至於是不是真的，我沒去考證，誰教我這邊的一舉一動已經讓人盯得死死的。你可以派人過去看看，但不要親自去，免得危險，如果沒出錯的話，恐怕就是。」

江子俊搖搖頭。「沒事，我心裡有數，我裝扮一下，想認出我來恐怕也難，我晚點就出發。明天去王爺那邊妳自己多當心些，不該說的話千萬別說。」

兩人說完，水瑤就告辭離開，在街角處找到李大的車，她才換車回去。

徐五已經等在老宅裡了，他也擔心啊，之前人家已經放他們一馬，這次去舉報齊淑玉和齊仲平，若對方官官相護，那可是一件非常危險的事情。

另外他今天辦了一件事，他也不清楚這事是好是壞，所以他急切地盼望水瑤回來好跟她說說。

「總算把妳給盼回來，快坐下喝點水，怎麼樣，成了沒？」

水瑤笑著點頭。「成了，王爺答應幫我查這事。對了，你怎麼回來了？」

徐五苦笑了一聲。「今天我辦了一件事，不知道是對還是錯，反正我是打草驚蛇了，那個監視咱們的人我找到了，可是又讓人給跑掉，我打聽過，他們似乎在咱們前面那一排房子租了一個院子——」

水瑤聽完，給徐五一個讚許的眼神。「沒事，跑就跑了，讓他們知道咱們也不是那麼弱的。話說明天我還是得過去，如果有結果的話，恐怕王爺會直接宣判。」

「那個祁海該怎麼處理，直接做掉？」

水瑤嘆口氣。「先留他幾天，反正他也跑不了，就算咱們不殺他，那個殺手組織也不會放過他。」

這一夜對某些人來說或許是最難熬的，比如蘭香，她作夢都沒想到會被單獨帶出去審問，她還以為這件事會被永遠塵封在心底。

即便是面對審問，她依然強裝鎮定，可內心那種慌張和無助感還是讓她少了些底氣。她不知道對方究竟掌握了多少消息，又或者是用這個來套她話，但現在主子不在身邊，她沒人可以商量。

「我不知道這事。」她嘴硬道。

審問的人也不跟蘭香囉嗦。「來人，用刑。」

蘭香嚇得一哆嗦，十指連心的疼痛徹底讓她放棄最初的想法，反正謀逆是死罪，早死晚死都是死，不如現在痛快點招了。

「老爺！我招、我招……」

男人眼神陰冷的看著她。「說，這事是誰指使的？你們是怎麼找到殺手的？都給我一一招來。」

蘭香不想再吃苦頭，有什麼就說什麼，因此接下來的事就順利多了。

「……伺候我們家老爺的丫鬟是夫人安排的，所以當初老爺在書房吩咐屬下去接人時，我們就得到消息。若洛千雪帶著孩子回來，我們家主子在曹家就徹底沒了地位，她不想做一輩子的姨娘，為了她和孩子，她就想下手毀了這幾個人的人生……

「我們想找專門的殺手去做這事，後來一次因緣際會下，我認識了一個女人，那是三房一個奶娘家的外甥女，一來二去，她說她有一個很有本事的表哥，功夫可好了，手下還有一幫兄弟，所以我們就拜託她辦這事，讓對方姦污洛千雪，再把三個孩子賣到妓院去，只是不知道中間出了什麼差錯，那些人竟然下了殺手，可我們並沒這麼吩咐他們……

「沒想到後來洛千雪找來了，我們夫人就想辦法在她吃的藥裡下東西，誰知這個洛千雪命大，後來我們就想找那個女的幫忙除掉這娘幾個，可那女人跟我說有人跟蹤她，我們主子為了安全起見，便讓趙家三爺幫忙除掉那女人。沒了她，對方就沒法找到我們，誰也不知道是誰殺了那個女人。再後來，我們找了一個人，過年時在大街上讓瘋牛對付水瑤……」

蘭香把自己知道的全部都交代了，包括趙家三爺幫忙弄來屍骨糊弄曹家的人，以及曹雲鵬的那個姨娘難產而死，也是因為齊淑玉使勁地給她補養，才造成一屍兩命。

男人冷哼了一聲。「簽字畫押。」

蘭香血淋淋的手直接被人抓去按在她的供詞上，接著被人給拖了出去。

「需不需要再把那個黑心女人給弄過來？」手下問道。

男人搖搖頭。「不用，這些已經足夠。先去回稟王爺，看他要怎麼處理。」

這一夜，齊淑玉睡得很不踏實，不斷作惡夢，那些她害過的人統統都來找她算帳了。

「娘，您快醒醒，您怎麼了？」

最後還是曹可盈把齊淑玉叫醒，這才擺脫了夢魘。

齊淑玉渾身都是冷汗，摸摸閨女的頭，有氣無力地道：「沒事，娘作惡夢了，妳快點睡，娘看著妳。」

看著橫七豎八躺在地上和炕上的人，齊淑玉不禁悲從中來。她什麼時候過過這樣的日子？即便是家裡的丫鬟，也沒有這樣的待遇。

看來曹家是真的完了。

想到這裡，她開始怨恨自己的老娘，怎麼偏偏給自己選了這麼一門親事，這不是要把自己往火坑裡推嗎?!

第八十一章

第二天一早，官兵就開門進來要拉齊淑玉出去。

殺豬般的聲音頓時響起。「我不去——我不想去——你怎麼不拉她們出去，要死大家一起死！」

其他幾個嬸娘不樂意了，雖然大家都落魄到如此地步，也無所謂身分高低貴賤，畢竟馬上都是要死的人，還爭個啥？可這並不代表她們心裡就平靜地接受了這樣的結果，所有怨氣和怒火都被壓在心中，一直沒找到宣洩口。

這次齊淑玉算是撞到槍口上，幾個長輩連撓代打，邊打邊罵。「妳這個沒良心的東西，妳自己要死，別拉著我們！這一屋子老老少少，還有妳自己的親閨女，妳連孩子都不顧了，真他娘的豬狗不如……」

曹可盈雖然驚訝她娘剛才說的話，可好歹是她娘，見親娘被揍，她這做閨女的也不能不幫忙。

「奶奶們，別打了，我娘錯了，她都是驚嚇過度才會口不擇言的……真的，我給妳們磕頭了……」

待屋裡人鬧夠了，官兵才冰冷的開口。「行了，誰說要殺妳了？齊淑玉，妳涉嫌殺人，王爺要帶妳過堂去。」

一句話讓屋裡的女人都嚇傻了。「什麼？齊淑玉殺人了?!」

柴秋桐心念電轉，多少察覺出有什麼地方不對勁，不過此刻她並未出聲，看著齊淑玉賴在地上不走，最後還是被人像死狗一般拖了出去。

「二嬸，我懷疑當初洛千雪他們娘幾個的事情跟她三嬸有關係。」這時有人說道。

曹可盈尖銳的聲音立刻響起。「妳胡說！我娘才沒有殺人，她不是那樣的人！」

看著氣憤的姪女，柴秋桐臉上帶著淡淡的笑，語氣平靜。「可盈，到底是誰做這些傷天害理的事情，想必王爺會還給水瑤他們一個公道，咱們就拭目以待。」

「就是，我們跟水瑤他們也沒矛盾，沒事害他們做什麼？況且我們也不知道他們什麼時候要過來，恐怕這事跟齊淑玉脫不了干係，老三做事十有八九都是在她的監視之下，屋裡的人也都是她一手安排的……」有妯娌道。

有了柴秋桐這個引子，大家的話題自然就圍繞在齊淑玉身上，柴秋桐則摟著兩個閨女在屋角坐好，並不參與她們的談論，她在想另外一件事。

她並不後悔把東西交給水瑤，只擔心水瑤把這東西拿到柴家，父母是沒關係，可要是落到別人的手裡，那她連哭的心都有了。

轉念一想，水瑤這孩子不像是辦事不牢靠的人，她心裡暗自祈禱，寧願這銀子給水瑤花，也不能落到柴家那幾個廢物身上。

「娘，妳說外公會來救我們嗎？」

雖然兩個孩子沒經歷過死亡，可是架不住內心的恐懼。

柴秋桐嘆口氣。「妳外公和外婆有那個心，恐怕也沒那個力氣。等著吧，或許還有轉機，別忘了，你們水瑤妹妹還在外面，你們三叔好歹是她爹，雖然不親，可這血緣關係誰能說得清楚？」

被帶到堂上這一路上，齊淑玉不是沒想過怎麼應對，可剛才那個人的話已經說得很明白，對方肯定掌握了一些證據，要不然不會說出殺人的事情來。

齊淑玉被帶到堂上時，不禁傻眼，她爹為什麼會在這裡？而且那個死丫頭竟然也在現場？

「曹齊氏，跪下！」五王爺手中的驚堂木一拍，厲聲喝道。

齊淑玉嚇得磕頭如搗蒜。「王爺饒命啊，民婦什麼都不知道，肯定是有人要陷害我，求王爺明察！」

五王爺冷哼了一聲。「巧言令色！曹齊氏，我問妳，洛千雪他們娘幾個的事情是不是妳指使的？妳想好了再回答，欺騙本王爺是什麼後果，妳可要想清楚了。」

齊仲平在一旁乾著急，一大清早他就被五王爺喊過來，他也不知道發生了什麼事，直到看見這個庶女，他才明白五王爺的心思。

齊淑玉看看她爹，硬著頭皮回道：「回王爺，這是絕對沒有的事，民婦是冤枉的，肯定是有人看我不順眼，妖言惑眾，嫁禍予人。」

水瑤好笑的盯著齊淑玉瞧。「就算妳假裝鎮定，依然掩飾不住妳內心的恐慌。齊淑玉，我勸妳還是招了吧，反正早死晚死都得死，別連累了齊大人。」

對於水瑤，齊淑玉可不客氣了，這個死丫頭一天到晚跟她作對，今天這事恐怕也是她弄出來的！

「放妳娘的屁！我一個官家夫人用得著做那些嗎？想誣賴人，妳也得看看這是什麼地方，王爺那麼聖明，難道是妳這個小人能糊弄得了的？王爺，求您為民婦作主啊！」

五王爺搖搖頭。「曹齊氏，看來妳是不見棺材不落淚。來人，帶蘭香上來！」

齊仲平剛想阻攔，卻被王爺身邊的人一把摁住了。「齊大人，王爺只是讓你觀看，可沒讓你發言，小心衝撞了王爺，這個罪你擔待不起。」

齊仲平現在哪還敢開口，肩頭上這隻手好像有千斤重似的，壓得他都喘不過氣來。

齊淑玉無法從父親那邊得到任何提示，這邊刑具已經送上來，蘭香也被押上來，看到自己身邊的丫鬟，齊淑玉的臉都變得猙獰起來。

「妳竟然背叛我！」

蘭香戰戰兢兢的跪在地上。「夫人，我也是沒辦法，妳就招了吧，省得再遭罪……」

說完，蘭香趕緊低下頭，不敢去看齊淑玉要殺人的眼神。

「曹齊氏，我勸妳還是招了吧，妳看看妳身後這張釘床，男人躺上去都扛不過，更別說妳一個婦人了。」

齊淑玉一轉頭，看到那閃爍著寒光的刑具，立刻就嚇呆了，她要是真的躺上去，渾身還不被戳成血窟窿？

反正曹家都這樣了，早晚也是死，她可不想再受罪了。想到這裡，她長嘆一聲，跪在地上老老實實的交代起來。

事情跟蘭香說的差不多，別說是水瑤，就連齊仲平都氣得青筋暴起。他怎麼就生了這麼一個沒腦子的東西？齊家要完了！

五王爺看了看齊仲平的表情，嘴角帶了一抹嘲諷。「齊大人，這該聽的你都聽到了吧，齊淑玉是你齊家的女兒，你說我該怎麼處罰這個心如蛇蠍的女人呢？」

水瑤雖然想過去揍齊淑玉一頓，可王爺在這裡，她不能僭越，另外，她也想看看五王爺會怎麼處理齊淑玉。

齊仲平就算再不想開口，王爺問話他也不能不說。他直接跪倒在五王爺面前，痛哭流涕，連水瑤都不明白這人的眼淚怎麼冒得那麼快，都快跟戲子一樣了。

「王爺，都是下官沒管教好這個不孝女，竟然做出這麼喪盡天良的事情，怎麼處置都不為過，按照離國律法，應該問斬！」

再怎麼生氣，齊淑玉終究是他疼了那麼多年的孩子，說到「問斬」時，他的心都在滴血。

「哦？」五王爺意味深長地看著齊仲平的表演。「齊大人，這是你說的，本王爺可是多年不理政事了，有些東西我還真不懂，例如這方面，真的不如你齊大人，既然齊大人發話了，來人，把曹齊氏收監，擇日問斬，丫鬟蘭香也一同處理。」

說完，他看向水瑤。「一個內宅女子、官家夫人，竟然如此視人命如草芥，藐視我離國律法，這樣的人當嚴懲不貸。水瑤小丫頭，妳對這個判決可滿意？」

水瑤跪下磕頭。「多謝王爺為民女伸張正義，嚴懲凶手，那趙家的人該怎麼處理？」

五王爺看著下頭那個眼珠滴溜轉的小丫頭，不由得想笑。「放心吧，已經派人去緝拿了，不日就將歸案，這回妳該放心了吧？」

水瑤再次磕頭感謝。

「行了，妳也回去吧，曹家的事別急，這種事也不是妳一個孩子能夠操心的，照顧好弟弟、妹妹，孝敬好妳娘，那就是最好的報答了。齊大人，請吧，咱們到後堂喝茶。」

水瑤不知道五王爺請齊仲平到後堂喝茶是什麼意思，反正不關她的事。目前害他們的首要嫌疑人已經剷除，下一步，她得找到那個殺手組織，還有那個指使夏荷的人。恐怕夜半闖入她娘臥室裡的另有其人，因為蘭香和齊淑玉都沒交代這事。

水瑤剛走出大門，就聽見有人在叫她。

「水瑤，這裡——」

看到車裡探出的腦袋，她不禁吃驚。「莫成軒？你怎麼來了？」

看到水瑤，莫成軒上下打量了一遍，不滿地嘟囔。「妳說曹家出這麼大的事，妳也不給我捎封信，幸好我過來了。快上來吧，咱們邊走邊說。」

馬車上，徐倩給水瑤倒杯水。「來，喝點水。怎麼樣，是她嗎？」

水瑤點頭，一口氣喝光杯子裡的水。「渴死我了，跟大人物接觸就這點不好，不能隨便張口要水喝，幸好把齊淑玉給逮著，也算是給我娘他們一個交代，估計用不了多久，她就該被殺頭了。」

「真是那個死女人幹的？」莫成軒驚訝。當初水瑤和雲崢有多困難，他不是不知道，水瑤為什麼會找上他，那也是被逼急了，否則別說水瑤自己，恐怕雲崢也救不回來。

「這老娘們真夠狠的，這手裡都沾了多少人命啊？殺頭是不是太輕了點，應該千刀萬剮才是！」莫成軒一臉忿忿不平。

水瑤靠在車廂上，嘆了口氣。「我又何嘗不這樣想，可我不想因為這事讓大家惹上麻煩，反正早晚她都會被問斬，不差這一時半會兒。」

徐倩忽然想到一個主意，憋不住，自己先笑起來。

「怎麼了？」水瑤問。

「嘿嘿，小姐，如果那齊淑玉變成囚犯，妳說其他那些囚犯還能慣她毛病啊？回頭我看看誰家裡有人被關押，我送點禮過去，讓她們好好關照這個齊淑玉。誰叫她壞，這回我也讓她吃些苦頭。」
水瑤並沒有阻止，其實她心裡都想這麼做了，只是沒說出來而已。
這次水瑤帶莫成軒去另外一個住處。
「你們怎麼有這麼多據點啊？」
莫成軒不瞭解情況，徐倩便負責跟他解釋。
莫成軒邊聽邊嘆氣。「這曹家比我們莫家複雜多了，看來妳這裡不只有齊淑玉一個敵人這麼簡單，妳說你們究竟惹到了什麼人啊？」

第八十二章

水瑤苦笑了一聲。「我們也在查，可惜一直沒線索。」

她把這些日子以來發生的事跟莫成軒說了一下，末了便道：「我和徐倩去做飯，你先休息一下，江子俊今天應該回不來了。你晚上要留在這裡，還是回客棧？」

「我還是回客棧吧，我那邊也帶人過來了，有什麼事隨時跟我聯絡。」

中午，水瑤難得跟莫成軒他們喝了點酒，當作是慶祝。凶手找到了一個，也算是為自己和娘親他們報了仇。

她這邊在慶祝，曹家那頭卻不安了。

齊淑玉自從走了之後就沒回來，恰好今天輪到柴秋桐他們一家人給老太太上香，趁這個機會，她把這事跟曹雲傑說了。

「妳說齊淑玉因為殺了人被帶走了？」

柴秋桐點點頭。「話是這麼說，但人一直都沒回來，你回去跟爹他們說一聲，我猜十有八九是出事了，這事跟水瑤他們應該有關係，畢竟如果王爺沒點證據，不會提審她，如果她沒問題，也該直接被帶回來。」

兩人時間有限，根本就沒多餘的機會去討論齊淑玉的事，最後夫妻兩個互相問了各自的情況。

其實曹雲傑更多的是心疼孩子和媳婦，可他也幫不了什麼忙，只能給柴秋桐一個擁抱，互相安慰一下，不過即便是這樣，柴秋桐也覺得知足了。

曹雲傑帶回來的消息，讓曹家這些男人們一時之間不知道該說什麼好。之前猜測歸猜測，可真的得到證實，在場的人心裡卻格外沈重。

尤其是曹雲鵬，他是百般滋味在心頭。究竟是自己的錯，還是父母亂點鴛鴦譜的錯？

「唉，老三，是我們錯了，當初我們不應該逼你，如果沒有齊淑玉，或許你們一家會好好的。」

這是曹振邦第一次正式跟兒子道歉，之前他一直以為兒子有這麼一個老丈人，能得到更多助力，可是現在想想，他也是鬼迷心竅了。做啥大官啊，憑兒子的能力，慢慢升遷不好嗎？即便不能升遷，做一輩子的知府也不錯啊，總比一家人淪落到今天這地步要好吧？

曹雲鵬苦笑了一聲。「爹，這事也怨我，但凡我能有個主意，也不會出現今天這種情況。說起來是我不好，我對不起洛千雪和孩子們。唉，可是沒有以後了，我也無從彌補，下輩子我寧願做一個平凡的農夫，也要守在他們娘幾個身邊。」

曹雲傑理解地拍拍弟弟的肩頭。「爹，這事已經發生，後悔藥是沒得買了，如果曹家能夠絕處逢生，我希望曹家能夠善待洛千雪他們娘幾個。之前水瑤他們雖然回來了，可實際上咱們根本就沒給他們什麼幫助，現在想起來都有些慚愧。」

曹振宇哼了一聲。「大哥，不是我說你，當初你們就是豬油蒙了心，我就說那毒婦配不上我姪子，你們偏不聽，這下知道了吧？」

曹振坤捅了自家哥哥一下。「二哥，你就少說兩句吧，咱們是有今天、沒明天的人，說那些有啥用啊！」

曹振宇能說自己心裡憋屈嗎？那麼多年攢下的家產，他還沒來得及享用，就這麼眼睜睜的沒了，他馬上就要到閻王爺那邊去報到，這事擱誰身上能舒服了？

曹振勇在一旁陰陽怪氣地道：「老三，你這話說得不對，什麼有今天、沒明天的，你也不想想咱們為什麼會變成這樣？大哥，我敢說咱們家裡肯定出了內鬼，而且我也敢發誓我們四房沒問題，因為我從來就沒提過什麼傳家寶的事，你們幾個都琢磨琢磨，別到死了還不知道是怎麼死的。」

曹振勇心裡也覺得虧得慌，就那麼一塊破傳家寶就要了他們的命，臨死前他不找出那個洩漏出去的人，他心裡不甘心。

曹振宇看看老四，贊同地點頭。「是這個理，這事我也沒說出去過，那東西沒什麼作用，我也沒想讓子孫去惦記。大哥，你和老三都想想，是不是你們那邊走漏出去的？」

曹振坤趕緊擺手。「別懷疑我，我可沒那個閒工夫去想這東西，這事跟我沒關係。」

於是所有人的目光都集中到大房這邊，曹雲祖他們哥兩個是知道，可是他們也沒說。至於曹雲鵬，他小時候就丟了，那就更不可能了，唯一能說出去的，恐怕就是他爹了。

曹振邦看著所有人的目光都盯向自己，氣得指著他們道：「難不成是我說出去的？我還不知道這其中的利害嗎？你們都別自以為是了，說不準是你們酒醉後說的呢！」

這時，他腦子裡突然閃過一個念頭，不過這時候就算打死他也不能承認，反正大家都要死了，現在追究這事也沒什麼意義了。

雖然剛才的眼神很快就掩飾過去，可身為他的嫡子，曹雲傑還是抓住老爺子那意味不明的眼光，好在其他人都沒看到，自然也無法繼續指責。

「那會是誰呢？不是咱們家的人，難不成是外面的人？」

曹振邦忍著心虛，強自鎮定道：「那可不好說，這事其他家人也知道，那個皇族後裔也知道，保不齊是他們裡面出了問題，才牽連到咱們家呢。算了，這個時候就算想查，咱們也沒那個本事了。」

曹雲傑坐在地上，低頭默不吭聲。屋子裡吵吵鬧鬧的，讓他有些心煩。

父親那一絲不確定會是誰呢？

老四？老五？或者是他的姨娘？

想到這裡，他的後背冒出一層冷汗，如果事情真是這樣，或許之後發生的事就可以解釋了。

「老二，你幹麼呢？」

曹雲祖挨著弟弟坐下，摟著曹雲傑的肩頭，自顧自地道：「這一年到頭的忙，咱們哥幾個還真的就沒那個工夫坐下來好好聊一聊，這回有時間了，卻是命不久矣。你說老天爺真是愛開玩笑，我現在都有些羨慕咱娘了，真會選時間，若是晚兩天，她連咱們的香火都吃不上，早知道這樣，不如跟咱娘一起去，路上還能有個作伴的。」

曹雲傑嘆了口氣。「大哥，你怎不往好處想想，說不準咱們死不了。別忘了，老四和老五還沒找到，不說老四，就說老五，他娘還在這裡，他會一點都不著急啊？」

曹雲祖冷哼一聲。「他啊，我還真的不敢指望。你想想，這些年，我們根本不知道老五究竟在做啥。」

說完，他看一眼自家老爺子。這事他們不清楚，也不知道老頭清不清楚？

「行了，別吵了，頂大個男人，別跟娘兒們似的嘰嘰歪歪，不就是死嗎？誰早晚不得一死，大家到陰間還能做兄弟，已經挺好，別吵了。」最後還是曹振坤聽得不耐煩，這才出口阻止。「有那個本事，就想想咱們還有什麼辦法能脫罪吧！」

「老三，怎麼這麼說話呢！」曹振宇聽了不舒服，不禁喝道。

曹振坤脖子一梗。「我就這麼說話，怎麼了？有那本事不如學學人家水瑤，自己人在這裡起內訌有啥用！」

這曹振坤一犯渾，其他人還真的不敢跟他嗆聲，因為人家說的有道理啊！

他們也想知道水瑤這孩子腦袋裡都是怎麼想的，謀逆大罪的帽子扣到頭上，都能全身而退，這可不是一般的本事，那絕對是有智慧，而且是大智慧。試問，他們在座的人誰有這樣的本事？要是真有，恐怕也不會在這裡坐以待斃了。

曹振勇嘆了口氣，打破屋裡的僵局。「那個小丫頭，現在我是佩服得五體投地，早知道就跟水瑤這孩子多接觸接觸，說不定還能得她指點一二，曹家這場災難就能避免，可惜現在後悔也晚了……」

曹振邦是越聽越不是滋味，臉色越發難看。「行了，說那些有的沒的有什麼用，都省省體力吧！」

雖說是在家裡坐牢，牢飯可沒變，吃的東西跟之前根本沒法比，以前在家裡扔掉的都比現在吃的好，不吃，肚子會餓，就算勉強吃了，這數量也遠遠不夠他們這些大老爺吃的，現在曹振邦渾身都發虛。

「爹，您喝點水吧！」曹雲鵬勸道。

要說餓，大家都餓，可是沒辦法啊，人家根本就不理會。想想也是，他們頭上扣的可是謀逆之罪，沒人會同情他們。

「女人那邊也不知道怎麼樣了？」

曹振坤一句話，把大家的思緒都轉到女人身上，在場的男人頓時陷入沈默，心裡各自惦記牽掛的人。

曹雲鵬現在最想念的是水瑤他們，也不知道那孩子離開後都在做什麼？是否安全？

不過水瑤此刻卻沒有像他那樣在牽掛他這個父親，她正跟江子俊和莫成軒聚在一起吃飯。

當著莫成軒的面，江子俊沒說他去找寶藏，只說他去找那些人的蹤跡了。

這次他過去有些新發現，他也把情況跟水瑤說了，他仔細觀察過那隻龍，是有些古怪，也看到一個地方很適合放玉珮，所以他斷定那地方就是大家苦苦尋找的藏寶地。

「少爺，最新消息。」這時屬下匆匆步入，將紙條遞給江子俊。

江子俊看了一眼紙條上的內容，不由得笑了出來。「有意思，不錯不錯，也算是天大的好事。水瑤，告訴妳一個好消息，皇上估計會赦免曹家的死罪，十有八九是要流放，聖旨就在路上，應該很快就會送過來。」

水瑤面不改色的說了一句「不錯」，莫成軒卻面露奇怪。「怎地，這還不算是天大的喜事？看妳這表情，好像不大高興啊？」

水瑤苦笑一聲。「我有啥開心不開心的，我最關心的人已經離開曹家，那裡面也就幾個跟我相處還算不錯的人，既然不殺頭，也算是好事。其實之前我也在思考皇上會怎麼對付曹家，殺，可以殺雞給猴看；不殺，也有不殺的道理。

「你看我爹，也算立了大功吧？好歹那場瘟疫有幾個可靠的藥方，才讓不少人逃過一劫，況且我爹為官名聲不錯，怎麼看都算是個人才。雖然在我看來，他不適合在官場上混，可或許皇上覺得這是一股清流，留著對朝廷大有用處。」

江子俊深有同感的點頭。「分析得不錯，我還想說妳怎麼穩如泰山，敢情心裡有丘壑啊！那下一步妳打算怎麼辦？」

水瑤搖頭。「我還沒想好，走一步看一步吧。成軒哥，你打算什麼時候回去？」

莫成軒嘆了口氣。「我也待不了多久，你們沒事，我就該回去了。怎麼，妳打算跟我一起回去？」

這事水瑤暫時不好說。「建業縣那邊不也有流放地嗎？說不準皇上會把曹家的人安排到那裡，到時還能讓你多照顧照顧。」

說著說著，他們就聊到那些殺手的藏身之地，莫成軒是真的想像不到那些殺手竟然藏在島上。

「真是不可思議，難怪這麼多年一直沒人能找到。這次他們會搬到什麼地方呢？我怎麼覺得這些人總是幹些讓人出乎意料的事？島上……難不成這次還能搬到山上？」

水瑤喝了口水，說道：「說不定就讓你給矇對了，可惜這周圍的山很多，也不知該從哪裡找起。」

「喲，你們都在！正好，我也吃一點，肚子快餓死了！」

徐五突然出現，讓水瑤吃了一驚，這傢伙肯定有啥事，不然不會找過來。

「怎麼了？出問題了？」

這是水瑤和江子俊的第一個反應，這兩人太瞭解徐五了。

徐五邊吃邊道：「你們猜猜，我們的人在那家首飾鋪看到誰了？」

莫成軒雖然長時間沒待在這裡，可該知道的情況，水瑤也跟他說過。

「難不成是曹家五爺？」

第八十三章

徐五笑了一聲。

「你可真能想像，這個時候曹雲軒還留在城裡，是要等著別人來抓他嗎？不是他，我們看到八王爺身邊的人去了那家店鋪，雖然這人喬裝改扮，但兄弟們還是認出來了，你們說，這會只是巧合嗎？」

莫成軒摸摸下巴，一副高深莫測的樣子。「難不成八王爺要買首飾給女人？這麼短的時間內，他已經有相好的了？」

水瑤被莫成軒這八卦的猜測逗得哭笑不得。「還相好的，人家家裡妻妾成群、美女如雲，這次出來說是為了心愛的女人找藥呢！是真是假暫時無法確定，但在這邊找女人，怎麼都覺得不對勁呢！」

對於水瑤這番言論，莫成軒實在不予置評。他沒敢說她不瞭解男人，就王爺那種四處留情的人，恐怕女人還沒他身上的一件衣服重要呢！

江子俊喃喃道：「成軒說的也不無可能，你們想，這個人大老遠跑過來，說是要找藥，我也不相信，就是不知究竟為了什麼？」

這時候水瑤也不能說出八王爺要造反的事，畢竟這是前世發生的，這一世會不會改變，她也不確定。很多事因為她的重生，已經脫離原來的軌道了。

不過有一點她相信，八王爺也曾經是皇子，心裡肯定想過要坐上那個位置，就算有些東西改變了，可人的造反心思不會變。

水瑤看著眼前幾個同甘共苦過的夥伴，緩緩開口。「如果有機會開啟寶藏，你們覺得如何？」

莫成軒率先表示不贊同。「不好，如果那寶藏是真的，那也不是咱們的，即便打開了，可沒有守護的能力，何必還要冒險？妳想想，那麼多人為了財寶搭上性命，咱們又是何苦，自己掙自己的才踏實。」

徐五也贊成他的意見。「反正我覺得夠吃夠喝就行了，財富越多，就越容易成為別人的目標，且就目前咱們的能力，根本就守護不住，幹麼還要找麻煩？還是讓那東西長眠地下，誰也別惦記。」

江子俊點頭。「這主意我勸妳還是趕緊打消，反正我們對那東西不感興趣，也沒那個膽子去弄，別忘了，收藏傳家寶的曹家都這樣了，妳說要是打開了，那皇上能放心讓咱們拿著？這根本不是財富，是災禍。」

水瑤苦笑一聲。「得，這事我以後不想了，既然大家目的相同，那以後咱們就專心對付這些人吧。只要報仇，剩下的跟咱們沒關係。」

幾個人又重新部署了新的任務，徐五這才送莫成軒回去。

趁著現在沒其他人，水瑤才又開啟之前還沒問完的話題。

「既然你已經確定了，咱們要不要派人過去埋伏？」

江子俊點頭。「我已經留下一些人，只是我不清楚對方究竟什麼時候會找到那個地方，如果留太多人，反而容易暴露。我已經通知我爺爺和外公他們，讓他們在附近設埋伏，只要發現這些人，全力狙擊。」

水瑤心裡還有另外一層擔憂。

「如果……我說如果，這個殺手背後是皇家的人，咱們該怎麼辦？祁海說的話你也知道，能給這些殺手封官，對方的地位怕是不低，如果穿著官兵的衣服過去，那咱們可真的進退兩難了。」

江子俊猶豫了一下。

「不會吧，這些殺手要是穿著官服，那可是大罪，不過這種可能也不排除，如果真是這樣，那咱們就報官，讓他們狗咬狗去，只要沒拿到寶藏，他們的賊心就不會死，這事妳不用擔心。」

水瑤點點頭。「有什麼事情咱們再聯絡，你也多保重。」

馬車上，水瑤跟徐倩說了曹府的事情。

「那可真是太好了，這樣二夫人就會沒事了。」徐倩是真的替柴秋桐她們開心。

齊淑玉被帶走，一直沒回來，雖然聽說是因為犯了殺人罪，可在大夥兒的心裡，還是埋下了陰影，某些人甚至還在盼望要殺頭就快點，他們都快挺不住這種煎熬了。

先說女人這頭，神經繃得太緊，已經到達極限，這不，晚上就有人偷摸要上吊，幸好讓柴秋桐發現了。

人雖然救了下來，可其他人的情緒也受到了影響。

就說曹可盈，她不相信那些事真是自己娘親做的。

女人是這樣的情況，男人那邊何嘗不是？

這幾天男人這邊也是情緒暴躁，甚至動了拳腳的也偶有發生，對於這樣的狀況，曹振邦亦是有心無力。

可他心裡還有一件事憋得難受，他記得曾在醉酒時跟宋靜雯說過傳家寶的事情，不過對方當時只是笑笑，並沒有當真。

現在回想起來，他自己心裡也矛盾，宋靜雯不像是那種人，這女人在曹家規規矩矩的，兒子也出色，若說這事跟宋靜雯有關係，打死他都不相信。

他安慰自己，或許是別人酒後說溜嘴，或是說夢話時洩漏了也不一定。

「都快點出來！」官兵們突然打開門道。

「我不走，打死我都不走，這是我們的家！」女人們開始耍起無賴，等了這麼久，他們終於要動手了，恐懼已經籠罩住所有人的心頭。

官兵喝道：「磨嘰什麼？快點，別逼老子動手！」

女人們哭哭啼啼的，被人從房裡攆了出來。

看到垂頭喪氣的男人們，女人們現在什麼都不顧了，各自跑向自己的親人開始痛哭。

曹雲鵬看著自己的女兒，心裡終究還是不忍。雖然齊淑玉做了那些事，但可盈到底是他的血脈。

「可盈、可欣，過來。」

看到父親朝她們伸出臂膀，兩個小姑娘到底沒忍住，直直撲了過去。「嗚嗚，爹，我怕……」

曹雲鵬只能長嘆一聲，摟著兩個孩子強打起精神安慰道：「沒事，還有爹呢，路上爹跟妳們做伴，咱們一家到陰曹地府還會團聚的，不怕、不怕。」

曹永博站在一旁，抱著曹可盈的胳膊追問道：「姊姊，娘呢？娘怎麼沒回來？」

雖然大人都知道齊淑玉的事情，曹雲鵬還是對兒子隱瞞住這事，所以直到現在曹永博還不知道娘親已經被關到牢房裡去。

曹可盈一把抱住曹永博，邊哭邊道：「娘出事了，以後我們再也沒有娘了，不過爹說的對，以後我們一家人會在陰曹地府團聚的。」

曹永博可不管什麼陰曹地府，只不停地追問。「娘呢，她到底出什麼事了，你快說啊！」

曹雲鵬嘆了口氣。臨死前，就讓兒子也明白這到底是怎麼一回事。

他蹲下身抱過兒子。

「永博，你娘殺了人，所以被官府判刑了。」

曹永博第一個反應是不可能，他娘那麼好，怎麼可能會去殺人呢？

「你撒謊，我娘不會殺人的！」

面對孩子的哭鬧，曹雲鵬也沒了耐心。「你娘怎麼不會殺人？你問問你姊姊，你娘是不是殺人了？你娘買凶殺你大姊他們，要不然你大姊他們怎麼會出事？」

提到洛千雪他們，曹永博就算再沒腦子，也知道這事怕是真的。

小傢伙喃喃自語道：「怎麼會這樣……娘不應該這樣的……」

曹雲鵬苦笑了一聲。「這事你得去問問你娘，不過她跟咱們差不多，都要成為刀下亡魂，無所謂早死晚死的問題了。來，都跟著爹。」

曹家人全部一副赴死的表情，那悲壯的場面看在這些兵丁的眼裡，感覺也不好受。

「聖旨到——」

隨著五王爺的出現，曹家人心裡儘管充斥悲傷，可該跪的還是得跪。

「奉天承運皇帝詔曰，曹家私通劫匪，藏匿前朝叛逆之物，理應斬首，然鑑於曹雲鵬立功表現，死罪可免，活罪難逃。革去曹雲鵬知府一職，判曹家財產充公，下人發賣，曹家人流放建業縣罪人村。」

曹家眾人詫異地抬頭，臉上全都是不可思議的表情。原以為他們要死了，沒想到竟然還有轉機？

「行了，這是不用殺頭了，不過你們也要做好準備，流放可不是那麼容易熬的，你們好自為之吧。來人，即刻將人帶往建業縣！」五王爺道。

柴秋桐覺得自己好像在作夢一樣——他們不用死了，他們一家人又可以在一起了？

「他爹，你掐我一把，看我是不是在作夢？」

曹雲傑一把摟住妻子。「妳不是在作夢，皇上開恩，我們不用死了！」

雖然不知道以後將面對些什麼，可是不用死，在所有人心裡那就是最大的恩賜。

老天總算開眼，沒讓曹家人全部死絕。

跟其他人的喜悅不同，宋靜雯現在有些發愁。走到建業縣，那得多遠啊？

外面的人也不知道是怎麼回事，怎麼現在都沒動靜？這兒子究竟在幹什麼？

宋靜雯期期艾艾地喊道：「老爺。」

看到三姨娘，曹振邦心裡說不出是什麼感覺，眼神中也帶了些審視。他似乎從沒仔細瞭解過眼前這個女人，雖說曹家人不用死了，可他心裡的疑慮一旦生出卻沒打消過。

「唉，行了，跟在我身邊，走吧！」

守在外面的百姓得知曹雲鵬他們被判流放，皆開心地奔相走告，只要不死，那他們就算是達成目的了。

水瑤也在第一時間知道了這個消息。她靠在椅子上，鬆了一口氣，柴秋桐他們不用死了。

可那個指使夏荷的人還沒抓到，她的心裡還是不踏實。

到了晚上，她睡不著，索性爬起來，點了燈，在紙上寫寫畫畫。

徐倩睡眼矇矓地問了一句。「小姐，妳怎麼不睡啊，都什麼時候了。」

水瑤嘆口氣。「我睡不著，找不到那個要我們命的人，我就是不甘心，我在想，曹家裡我們是不是忽略了誰？」

徐倩閉著眼睛，跟著水瑤說的思路走，突然想起了一個人，立刻坐起身來，聲音急切。「小姐，妳說會不會是沈姨娘？」

提到這個名字，水瑤腦海裡浮現一張臉。沈姨娘她見過，這個女人的外表給人一種怯懦膽小的印象，這樣的人……可能嗎？

「沈姨娘這個人據說挺老實的，又是齊淑玉的人……」隨即她一拍腦袋，一臉懊惱。「我怎麼就忘了，她也是女人，在這後宅裡，哪會有簡單的女人？我也是被她的外表給糊弄了，若說她不想坐上正頭夫人的位置，我才不相信，我娘和齊淑玉都沒了，那她就是後繼人選，雖然不一定就能扶正，但她也算是老人了，在我爹面前至少還有些臉面，反正齊淑玉不倒，也影響不了她什麼，她依然是我爹的妾室、齊淑玉的人。」

分析到這裡，水瑤心裡頓時豁然開朗，之前她總是被自己的主觀判斷左右了思想。

她扔下手裡的筆，朝徐倩撲了過去。「謝謝，若沒有妳這一句提醒，我大概會一直忽略這個人吧！」

徐倩被水瑤的動作嚇了一跳，趕緊把水瑤裹進被子裡。「妳小心點啊，這冷天別凍著了！」

第八十四章

兩個人並肩躺下，徐倩問出了自己心中的疑惑。

「可若這個人是沈姨娘，那先前夜襲妳娘屋子的人也跟她有關係？她本事可真夠大的。」

水瑤沈吟道：「應該不是她，我想這人應該是另外一個人。那夏荷幫沈姨娘買凶殺我們，或許是順水推舟而已，畢竟沈姨娘還沒這個本事能指使得動老太太房裡的丫鬟。我想先前四房那個為姊報仇又自殺了的姨娘，跟夏荷背後應該是同一個主子，畢竟夏荷曾協助她下毒害老太太。妳想想看，這個家裡誰有這個本事？

「會指派殺手來殺老太太的，幕後肯定還有一個人，她的目的是要老太太死，他們才能受益，而這益處是什麼，無非就是管家。」

徐倩不明白了。「那為什麼不可能是一個主子所為呢？」

水瑤笑著嘆口氣。

「那毒早晚會要了老太太的命，她沒必要費兩遍事，所以我才會猜測有兩個幕後主使者。至於進我娘屋子的那人，明顯就是在找某樣東西，同時也可以讓別人誤會我娘，這個幕後主使者恐怕就是那個下毒害老太太的背後之人，畢竟我娘跟其他房的人沒什麼利益關係，齊淑玉也不可能，她不笨，若這事發生，最先被懷疑的就是她。」

水瑤頓了頓。

「這麼一分析，曹家還真夠亂的，我總覺得這三姨奶奶很可疑，這個家只有她有那個本事在老太太房裡安排，至於為什麼，恐怕只有她本人明白。說到底，這些都僅僅是咱們的懷疑，要先找出證據才行，只是這事有些難辦，夏荷自殺了，祁海說不清楚，他表妹也沒說，現在就變成無頭案。」

因為以上這些猜測，他們決定要跟著曹家人一起前往流放地，順便監視那些藏在曹家幕後之人的一舉一動。

安排完這邊的事情，水瑤他們就出發了，由於他們是乘坐馬車，自然要比曹家人靠步行來得快一些，不到一天的工夫，他們已經追上曹家的隊伍。

不過他們一行人並沒有靠近，只是遠遠地跟著。

「這樣下去不行啊，他們這一步步慢慢走，都快變成烏龜了，咱們可以等，這馬可走不了這樣的步子，要不咱們先去下一站看看？」徐倩道。

水瑤也沒更好的辦法，只能先走一步。

牢房裡，齊淑玉在得知曹家人被赦免死罪，這腸子都快悔青了。本以為曹家的死是鐵板釘釘的事，如今卻出現了轉機，老天爺根本是和她開了一個大玩笑。

看著眼前背叛自己的丫鬟，齊淑玉像瘋了一般上前踢打。「都是妳這個賤人害的，我要殺了妳！」

齊淑玉一動手，監牢裡的女人也跟著對她動手。「臭娘們，竟然在老娘的地盤撒野，皮癢了吧?!姊妹們打，只要不死就行！」

齊淑玉立刻疼得趴在地上跪地求饒。

外面的獄卒們見狀，只是象徵性地喊了兩嗓子，其他的就裝作視而不見。這樣的人他們見多了，雖說是齊大人家的閨女、前知府夫人，可落地的鳳凰不如雞，她還真以為自己還在曹家？

再說，齊家那邊根本就沒讓他們照顧這個女人，沒有好處，誰要管啊？這回也讓她嚐嚐被人欺負是什麼滋味。

其實齊淑玉她娘秦苗也不是不想救自己的女兒，而是她沒能力救，自從閨女和曹家出事後，這齊家的風向也變了，她現在是後悔都晚了。

水瑤可不知道她走了之後，齊家還有這麼一齣。一行人到了下一個驛站，便暫時休整，直到傍晚，曹家人才被押解到這裡。

看到這些昔日高高在上的眾人如今落魄成這樣，水瑤和徐倩心裡不是沒有感慨，此一時彼一時啊！

不過她還是讓手下的人去跟官差套近乎，無非是好酒、好菜的招待，順便塞點銀子，讓他們在路上照應一番。

這些官差當然知道曹家發生的事，看到這個安然渡過曹家危機的小姐，他們心裡都暗自佩服。當然，對這個救全城百姓於危難中的曹雲鵬，他們心中也挺敬佩的，所以這一路上並沒有刁難他們。

「爺爺、爹，快坐下來吃飯，我已經讓人給你們備好了洗澡水，吃完飯都去泡一泡，解解乏。」

誰也沒想到水瑤竟然會在這個地方出現，且還等著他們。

「水瑤！」

曹振邦一開口就老淚縱橫，這輩子他沒怎麼受過苦，到老了竟還遭這份罪，他作夢都沒想到這個不受待見的孫女竟然會在他們最狼狽不堪、最需要幫助的時候出現。

曹家其他人也都愣住了，一個個心裡五味雜陳。

人生如戲，他們還記得當初洛千雪母女找上門來時的場景，即便水瑤回到曹家，他們也都以為只不過是一個乞丐女依附曹家過活而已。

現如今想來真是好笑，起先水瑤在曹家危難時離開，當時他們心裡是怎麼想的，只有自己心裡清楚，如今水瑤竟然在這裡等著他們，說沒有難堪與感動是騙人的。

「水瑤，妳怎麼來這裡了？」柴秋桐欣喜地道。

水瑤開心地拉著柴秋桐。「我一直關注曹家的事，聽說你們被判流放，所以就過來了。

一路上辛苦了，快吃飯吧！」

水瑤並沒有多說，只是安排眾人吃飯。

晚上，等柴秋桐夫妻兩個洗漱好了，水瑤才去見他們。

「二伯母，妳還記得這個東西吧？當初是妳塞給我的。」

看到姪女手裡拿著的那疊東西，連曹雲傑都忍不住興奮了。他還以為將來就是窮光蛋了，沒想到媳婦竟然還留有這一手。

看著水瑤遞過來的東西，柴秋桐也是百感交集，她拉著水瑤的手坐下。

「好孩子，這東西妳暫時先替我們保管著，等我們到了那地方安頓下來再說。我想妳不如先到建業縣罪人村那邊等我們，既然你們都把官差打點好了，應該就沒什麼大事，再說你們這樣讓外人見到了，怕是也招人眼，目前妳的安全最重要……」

水瑤看著有些嘮叨的柴秋桐，心裡不是沒有感觸，跟其他人比起來，這個二伯母是發自內心地關心她。

她看向曹雲傑和柴秋桐，臉上帶著一絲嚴肅。「二伯、二伯母，我有事想請你們多注意一遍……」

在曹家，她唯一能信任的只有這對夫妻倆，於是她把之前所分析的事跟夫妻兩人說了一下。

曹雲傑和柴秋桐越聽越心驚，之前他們不是沒懷疑過，可家裡的事一齣接一齣發生，根本就沒時間讓他們仔細琢磨，如今水瑤將這其中的關係一點一點道予他們聽，頓時就明瞭了。

「啊，竟是這樣，水瑤，這事我們以後會注意的，妳放心，但凡有蛛絲馬跡，我們肯定不會放過這人。」

接著水瑤去見了曹雲鵬，對於這個父親，她現在說不出是什麼感覺，當初意氣風發的一個人，如今竟會落魄至斯。

面對女兒，曹雲鵬驚喜之餘，也有百般滋味。

看著表情有些糾結的曹雲鵬，水瑤淡淡喊了聲。「爹。」

曹雲鵬苦笑。「丫頭，我感覺自己好像在作夢一樣，妳現在還好吧？」

水瑤點點頭，又拋出另外一個問題。「爹，你瞭解沈姨娘多少？」

曹雲鵬表情驚訝。「沈姨娘？她有問題？」

水瑤搖搖頭。「我只是好奇，有些事情我還沒想明白。爹，你先跟我說說這個沈姨娘吧。」

「她原本是齊淑玉帶過來的丫鬟，後來齊淑玉懷孕，家裡人便給我安排……當然，這是經過妳祖母同意的，妳也知道，大戶人家的小姐出嫁時，都會安排這樣的丫鬟……」曹雲鵬不好意思在閨女面前解釋太多，只能含糊地說了這些，至於其他的，他還真的就說不出什麼來。

「你平時有給她銀子嗎？」水瑤問。

曹雲鵬看向女兒，有些難堪，可是不得不點頭。

水瑤苦笑了一聲。「爹，你可真是我的好爹。」

說完，她轉身離去，心裡卻悲憤難當。她替她娘不值，替他們姊弟三個不值，曹雲鵬給小妾銀子花，可是對他們呢？

她的眼淚不由得順著臉頰滑落，徐倩看到水瑤這樣，嚇了一跳。

「小姐，怎麼了，有人欺負妳了？」

水瑤搖頭。「我只是心裡難受。徐倩，剛才我去見我爹了，雖然知道他不是一個合格的父親，也不是一個好男人，可妳知道嗎？或許沈姨娘買凶的銀子就是他給的，我想想心裡都疼，我們娘幾個艱難度日的時候，他有沒有想過我娘？」

徐倩摟著她的肩膀，邊走邊勸道：「妳也不是現在才知道他是什麼人，何必為這樣的人傷心呢？行了，明天咱們就直接走，其他的事等人到了再說。」

晚上，看著猶有淚痕的睡顏，徐倩不由得輕輕嘆了口氣。

水瑤再能幹，到底還是個沒長大的孩子，大人都處理不明白的事情，讓這麼一個小姑娘來承擔，這生活又是何其殘忍？

這一夜，曹家人終於能睡一個踏實的覺了，蓋著軟綿綿的被子，每個人感慨萬千。

「娘，妳說齊淑玉會死嗎？不會半路又出岔子了吧？別像咱們這樣，又來個赦免，我可真的不希望她回來。」
曹可欣這回可以明目張膽的喊娘了，再也不用看齊淑玉的臉色行事，也不用擔心曹可盈的刁難，現在她有爹有娘，比曹可盈幸福多了。
沈姨娘摸著女兒的頭髮，一臉滿足。「放心吧，殺人這條罪就夠她受的，曹家也已經不會讓她回來了。記住，妳沒事就多關心妳爹，別像以前那樣，現在沒人管咱們，咱們也不需要看誰的臉色行事。」
她只能跟女兒說這麼多，至於其他想法，她沒敢說出來，就怕女兒說漏了嘴。
跟沈姨娘比起來，隔壁的宋靜雯就更不好受了。這幾天走下來，雙腳幾乎都不是她的腳了，她以為自己能扛過來，誰知道終究只是個美好的想像。
「這臭小子，也不知道跑到哪裡去了，不曉得他老娘我在遭罪啊……」
話音剛落，窗外突然飛進一個紙團，宋靜雯看了一眼身旁熟睡的曹振邦，趕緊把紙團撿了起來。
看完上面的內容後，她不由得綻開一抹欣慰的笑，迅速把手裡的東西銷毀。
跟曹家人道別之後，水瑤他們幾個繼續上路。
沒了水瑤的照顧，曹家人在經歷一天的跋涉後，一個個唉聲嘆氣。昨天晚上的好飯和好覺再也沒有了，這次他們是被關起來，也沒什麼正經的地方睡覺，只能席地而坐。

誰知宋靜雯突然一直嘔吐，不停上茅廁，連曹振邦都不得不跟著心疼。

「這是怎麼了，生病了還是吃壞肚子了？」

宋靜雯有氣無力地道：「估計是喝了涼水才會這樣，你也知道，平時咱們養尊處優慣了，冷不丁這樣，我這身體還真的受不住。唉，到底是上了年紀，不中用了，沒事，挺過就好了，別擔心。」

這兩天，曹振邦自知有些冷落宋靜雯了，看她如今這嬌弱的模樣，哪裡還顧得上之前那點懷疑？她都跟他走到了這地步，生病了還不忘安慰自己，這樣的女人根本不可能害曹家。

「過來，靠在我的腿上，這樣能睡得舒服一些。到底是女人家，妳這身體不能跟我比，妳也受苦了，到了那地方就好了。」

曹雲祖在一旁安慰道：「爹，要不明天給姨娘找個大夫看看？」

宋靜雯擺擺手。

「不用麻煩了，官差已經對咱們夠照顧的了，咱們就別難為他們了，說不定晚上就好了。好了，都快點睡吧！」

到了半夜，宋靜雯就發燒了，曹振邦他們雖然著急，可這個時候就算官差同意他們去找大夫，也沒人願意過來給他們看，只能等天亮了再找人。

柴秋桐心裡納悶，這個三姨娘之前看著好好的，怎麼突然就變成這樣了，看樣子也不像是裝的。

「爹，咱們手上沒銀子，怎麼請大夫？」柴秋桐問，她的銀子都已經給了水瑤，身上的東西早就被搜走了。

曹振邦抬頭看向其他人。「誰身上藏銀子了？」

曹振勇苦笑了一聲。

「大哥，就算我們之前藏了，走的時候可都被搜走了，上哪裡去藏銀子啊？況且有那個錢，咱們還用得著吃這些東西？」

宋靜雯渾身癱軟地靠在曹振邦的臂彎裡。「老爺，別難為大家了，生死有命，富貴在天，能跟著老爺，我已經很滿足，別的我就不奢求了。」

曹振邦的心都快要碎了，嚴肅的臉上難得出現一抹溫柔。「別瞎說，妳肯定會好的，咱們還有一輩子要過呢！」

聽這兩人的對話，柴秋桐都要起雞皮疙瘩了，以前那個嚴肅的老爺子去哪兒了，完全變成繞指柔了。

不只柴秋桐這麼想，就連龔玉芬都有些紅了老臉。「爹，給三姨娘弄點濕巾敷一敷，看看有沒有效果。」

曹振邦長嘆一聲，只能如此辦了，同時也在心裡打定了主意，明天就算是跪著求這些官差，也一定要想辦法救人。這一路舟車勞頓，本來好好的身體都承受不了，就更別說帶著病趕路了。

可惜人算不如天算，等大家都睜開眼迎接嶄新的一天時，曹振邦發覺自己懷裡的女人已經沒了氣息。

「靜雯、靜雯，妳醒醒啊！」

大家被老爺子這淒厲的喊聲給嚇了一跳，紛紛圍過來察看。

曹雲鵬把手指放在三姨娘的鼻子下，然後搖搖頭。「沒氣了，爹，節哀順變吧！」

官差一打開門，就發現屋裡竟然死了個人，可這死人他們肯定不能帶走，只能留在義莊這邊。

「我求求你們給她買個棺材吧！我給你們磕頭了，等我們到那邊，定讓我的孫女把銀子還給你們……靜雯跟了我一輩子，到死也沒落個名分，是我對不起她啊……」

曹振邦老淚縱橫，抱著宋靜雯的身體哭得那叫一個慘，真是聽者落淚、聞者傷心，可在場的人，尤其是他的三個兒子卻面色深沈。

他們的娘為了曹家，不能說兢兢業業，卻也是費盡心思，恪盡職守，可娘當初沒了，也沒見過老爺子這樣。

同樣是父親的女人，這差別待遇也太大了。

曹雲祖看著父親，只能嘆口氣，給兩個弟弟使眼色。

「爹，別傷心了，這也是沒辦法的事，不是咱們不盡力，而是有心無力啊，等回頭讓水瑤幫著處理一下吧！」曹雲鵬跟著勸道。

官差本來還想給兩分薄面，可看曹振邦磨磨唧唧的樣子，這火也不由得冒了上來，語氣自然就不耐煩了。

「行了，趕緊鬆手，我們已經通知人過來收屍了，趕緊出發吧，如果不按照預定時間到達，你們也知道這後果有多嚴重，恐怕那刑罰沒幾個人能挺過來，我勸你為了你自己的家人，還是省省吧，死人永遠沒有活著的人重要。」

因為早上這麼一耽擱，官差乾脆連飯都沒讓他們吃，就直接押人上路。

別看大家嘴上不說，可這心裡估計沒少罵曹振邦幾句，因此這一路上也沒人開口說話。

可惜等水瑤他們到了建業縣，知道這事時已經晚了，再派人過去尋找的時候，宋靜雯的屍體竟然失蹤了，連義莊上的人都不知道屍體為何毫無徵兆的就沒了？

水瑤一臉陰沈，三姨奶奶突然死了，屍體也失蹤了，她怎麼看都覺得透著一種古怪。這病得莫名其妙，死得也太快了，就像當初老太太的死給她的感覺是一樣的。

「這事肯定不對勁，但我也說不上來為什麼，或許是曹雲軒出手了？妳說沒了這個宋靜雯，咱們就沒法繼續追查下去了，不如這樣，安排人演一齣戲……」建業縣是莫成軒的地盤，他也是不怕出亂子的人，水越渾就越能摸到魚，這個道理他非常清楚。

「那有什麼不可以？早就應該這樣了。」水瑤點點頭道。

就在水瑤他們快要失去耐心時，曹家的人終於姍姍來遲。看著一干眾人一個個都跟乞丐沒兩樣，連水瑤都快要認不出來了。

到了建業縣，有水瑤和莫成軒兩個人幫忙，曹家人總算是能吃上一頓飽飯，也能踏實的睡一個好覺了。

第八十五章

「明天他們就會被押送到罪人村去。」晚上，莫成軒對水瑤說出打聽來的消息。

對於罪人村，水瑤瞭解得並不多，即便是前世，她也沒接觸過這方面的東西。

「那他們會被關押還是……」

莫成軒好笑地看了水瑤一眼。「罪人村就是住著一干犯罪人等，在村子裡，他們還比較自由，但是不能隨便出村子，繳納的稅也重。」

看水瑤不解的表情，莫成軒繼續解釋。「妳想，他們是罪犯的身分，當然不能跟普通老百姓一樣啊，而且要自己開墾、耕作，這所謂死罪可免，活罪難逃就在這裡，一般人不被扒一層皮都不算什麼，就看曹家人能不能挺過去。」

水瑤苦笑。「我說呢，如果在那個地方沒銀子，還真的沒辦法生存了。」

「大魚吃小魚唄，只要有人的地方自然就少不了爭鬥，當然誰強誰就佔優勢，平常人不也是這樣嘛！」

水瑤追問了一句。「那他們過去，會給他們住的地方嗎？」

莫成軒搖搖頭。「哪有那麼好的事？我跟妳說，那種地方都是些亂七八糟的人，普通人根本就不願意接近。怎麼，妳還想繼續管下去？」

水瑤搖頭。「不，我可沒那個閒工夫，何況讓他們吃點苦頭也不是壞事。其實我一直不信，這裡面會有人沒藏私？」

連柴秋桐都能把身家交給她，那些個老狐狸哪可能沒留後手？當初宋靜雯生病，大家都說沒銀子，那是因為沒關係到他們本身的利益，真到了要緊時候，她就不信這些人身上連一文都沒有。

「我正琢磨一件事，你看可不可行，總這樣耗下去也不是辦法……」水瑤把自己的打算說了一下。

莫成軒聽完，不贊同的看著她。「如果拿不下對方，或許連妳爹都會責怪妳的，妳可別忘了，他身邊可就剩這一個女人了，沒有女人的日子，妳覺得妳爹能忍受？」

這事水瑤不是沒考慮過，但她太想給他們娘幾個討回一個公道。

「這事我必須要弄明白，不然我的心裡不踏實。」

見水瑤心意已決，莫成軒也不再囉嗦。「這事我來幫妳處理，但是不能急，只要他們有了落腳的地方，人心自然就會生變，就像妳說的那樣，他們每個人都藏了私，誰也不願意用自己的銀子去養活別人，我猜分家是必然的，至於以後就不好說了。」

水瑤攤手，一臉無所謂的表情。「管他們呢，就我二伯母放在我手裡的東西，也夠他們生活的了，雖說和以前的日子不能比，但肯定也差不了，這個我倒是不擔心。你先去安排吧，回頭咱們再商量。」

曹家在村子的東頭，位置也不算遠，幾排新蓋的茅草屋還是挺顯眼的。

水瑤過去的時候，曹家的院子裡正鬧哄哄的，她頭一次發現，這幾房人這麼能吵，平時一個個還端著貴婦的架子，現在全都消失了，那架勢比起鄉野村婦，簡直不遑多讓。

而且她還發現一個問題，曹家大房的人不多，根本就吵不過人家。老太太生了這三個兄弟，另外兩個庶子都還在外面躲著，跟其他房比起來，這人可少了不止一星半點。

其他幾房妾多、孩子多，要是都張嘴，肯定能把大房的人給累死，所以龔玉芬和柴秋桐她們很聰明地選擇閉上嘴，讓其他幾房的人去吵，她們就在一旁聽著，反正有事她們也做不了主，畢竟老爺子還在呢，就讓他們哥幾個去解決。

其實柴秋桐心裡更傾向分家，反正她還有大筆的財產在水瑤手裡呢！

曹振邦內心不想分家，富貴時都沒分家，這落魄時還分什麼家啊？大家齊心協力在這個地方落腳不是挺好的，還能互相有個幫襯。

可惜人算不如天算，他的想法是好的，可是架不住人心分崩離析，人家就是不願意跟他們過，他這個做大哥的也沒轍。

除了曹家大房外，唯一反對分家的就是曹振坤了，可光靠他一個人的力量，根本就抵不過另外兩家，且他家媳婦也極力贊同分家，他就算反對，也被這些人吵得腦仁疼。

曹振邦開口道：「行了，別吵了，想分就分吧！我可跟你們說，我這裡啥都沒有，也分不了什麼給你們，既然各家的房子都弄好了，那就各過各的日子，我們大房的事我們自己管，其他的事你們自己處理。

「老二、老三、老四，咱們兄弟在一起也不容易，分家歸分家，可咱們的心不能分，走到哪裡咱們都是曹家人，以後互相幫襯著點，有啥難處大家一起想辦法。」

水瑤在外面聽了都覺得心酸，這個時候說什麼都沒用，這些人鐵了心要分家，誰還顧忌一個當大哥的？說白了，手裡沒銀子，這個爺爺就是一個普通的老頭，雖然以前輝煌過，可在這個罪人村想出頭不容易，尤其是他這年紀。

水瑤看各家各戶都開心的離開了，趕緊拉著徐倩躲在一棵大樹後面。

「小姐，妳這是打算進去還是不進去？」徐倩不明白這個小主子是什麼心思，來了卻不進門？

水瑤笑笑。「妳等著看。」

院子裡，龔玉芬率先開口。「爹，您看家也分了，要不咱們也都分了得了，您說我們幾個連飯都不會做，讓我們一下子做這麼多人的飯，我們拿捏不準，大家也未必都喜歡吃，不如各起爐灶，有事大家聚聚，沒事就各回各家吃飯，反正現在也沒什麼可分的，再湊合在一起也沒那個必要，早晚不也得分嗎？不如就現在吧！」

曹振邦有些沮喪地看著這幾個人，腦海突然想起老太婆曾經跟他說過的話——

如果有一天，一家人沒法在一起生活了，那就分，別強留，留來留去都成了怨仇。

老太婆當時還說，如果可以選擇，她打算以後跟老二一家生活。別看兒媳婦的嘴皮子不饒人，可這也是一個家能生存的根本，若連女人都無法自立自強，那這家也差不多要完蛋了。

現在他都有些羨慕老太婆了，離開得很是時候，看不到一家人分崩離析，那種感覺真的不好，好像他要被孩子們拋棄了似的。

曹振邦聲音有些沙啞。「那你們幾個是什麼意見？要是都同意，咱們就分。我啊，孤單老頭子一個，也沒什麼東西，老二家的，你們要是不嫌棄，爹就跟你們一起生活。」

柴秋桐笑著點頭。「怎麼不行？爹，您就跟我們一起過吧！大嫂、老三，家裡還有些賒來的糧食，你們都拿一些，至於爹這邊，你們要是有口好吃的，給他送一碗來就行，等以後日子好過了，那就給爹幾個零花錢，其他的以後再說。」

龔玉芬和沈姨娘心裡巴不得呢！老爺子老了也不能幹啥，加上養尊處優慣了，回家也是當祖宗供起來，那還不如讓老二家來養，反正這事是老二媳婦自己攬過去的，跟他們可沒關係。

曹雲鵬有些難堪的看向曹振邦。「讓二嫂他們家單獨承擔，好像也說不過去，要不我們輪流照顧您得了。」

曹振邦無力地擺擺手。「都回去吧，我累了。」

徐倩聽了半天，好笑地搖搖頭。「結果還是都分了，有點意思。」

水瑤嘆口氣。「分了好啊，省得互相算計，這樣以後都能過踏實了。走吧，咱們進去看看。」

對水瑤他們的到來，柴秋桐並不覺得意外。

她拉著水瑤他們進了自己的屋子，雖然是新蓋的，可這屋裡實在簡陋，除了一鋪炕，就什麼都沒了。

柴秋桐笑道：「有個地方棲身已經很不錯了，這還是妳二伯賣了腳脖子上戴的金鍊子才蓋起來的，要不然我們估計都得趴草窠裡睡了，其他等以後再慢慢置辦吧。」

水瑤倒是沒想到曹雲傑的腳脖子上竟還戴著東西。

柴秋桐解釋道：「這是妳二伯過生辰時，燕琳買給他的，他沒地方戴，所以就戴在腳脖子上，真沒想到關鍵時候竟然還有用處。」

水瑤把那疊東西拿出來。「二伯母，既然家也分了，這回妳該收著吧？」

這次柴秋桐沒推辭，拉著水瑤的手，眼睛含淚。「丫頭，感謝這麼見外的話，我就不說了，也幸虧妳來了，要不然咱們估計都得餓肚子了。」

水瑤沒看到家裡幾個孩子，遂問出口。

柴秋桐嘆了口氣。「他們都去撿柴火、挖野菜了，就這麼點糧食，捱不了幾頓。」

兩人聊了一下，柴秋桐便說要出門去採買東西。在這裡不能隨意出門，要村長同意才行，因此水瑤便讓徐倩陪同去問村長。

接著水瑤轉身去看了其他幾個人，老爺子依然是一副要死不活的樣子，估計是受了打擊。

龔玉芬見水瑤來了，開心得都要跳起來了。「水瑤，妳來得正好，妳是不是還要回益州啊？如果是的話，麻煩妳給我娘那邊送個信，就說我們到這裡了。」

對於龔玉芬的請求，水瑤欣然同意。讓龔家的人知道這個消息，恐怕也是想讓娘家人能多幫幫她。

當水瑤看到曹雲鵬那落魄的樣子，只能報以苦笑。

「爹，怎麼樣，在這裡還適應嗎？」

還沒等曹雲鵬說話，一旁的沈姨娘就一臉悲苦地道：「老爺有好幾天都沒吃一頓飽飯了，身上的衣服髒了也沒法換洗，我們連床被子都沒有。」

曹雲鵬不耐地瞪了沈姨娘一眼。「妳跟孩子說這些幹麼？好不容易過來看咱們，妳以為容易啊？水瑤在外面還得養活弟弟妹妹呢！」

沈姨娘縮縮脖子，沒敢再吱聲。

水瑤笑了。「其實我覺得留在這裡也不錯，可以憑自己的能力吃飯，以前我也是這麼過來的，不然你們以為我靠什麼給雲崢治傷？爹，你就留在這裡踏實過日子吧，別想那些有的沒的，再體驗一把苦日子，對你來說不算壞事。」

曹雲鵬也不知道閨女這是勸他還是損他，不過都無所謂了，已經都這樣了，他還能怎麼辦？

不過水瑤接下來的話倒是出乎他的意料。

「米、麵、油什麼的，我都給你們帶來了，不過我沒想到你們這裡沒鍋灶，回頭我再去買。沈姨娘，妳要是有什麼需要，可以跟徐倩、二伯母她們一起。」

沈姨娘擺擺手。「我就不去了，我也沒銀子，去了也沒多大用處，妳斟酌著買吧。」

龔玉芬也想出去買東西，至於銀子，水瑤可不知道都是從哪裡來的，或許是藏私沒搜出來，正好這回可以派上用場。其他幾房也是，聽說水瑤來了，一個個都說要跟著出去買東西，水瑤便讓他們都跟著徐倩去。

她轉身，再次走進曹振邦的屋子。

看著躺在茅草上的祖父，水瑤無奈地搖搖頭。「爺爺，您甘心嗎？這一輩子的心血就這麼毀了？」

曹振邦頭埋在臂彎裡，喃喃自語道：「曹家敗了，敗得一塌糊塗，就算再不甘心又能怎樣？我這把年紀了，拿什麼東山再起？」

水瑤蹲在地上，看著眼前已經蒼老的祖父，心想她不能任由老爺子這麼頹廢下去，他要是倒了，很多事情就更沒指望了。

「爺爺，別忘了，您還有兩個兒子在外面呢！還有祖母，到現在都還沒找到屍首，難道您以為她真的就那麼死了？」

聽到這話，曹振邦立刻從床上坐了起來，情緒激動地看向水瑤。「丫頭，妳的意思是，妳祖母沒死？」

水瑤笑笑。「這事還兩說呢，反正我這個人，沒見到屍體就不會相信這人死了，何況祖母是什麼人，大風大浪都經歷過了，曹家有她在的時候，至少沒人敢鬧著分家，頂多也就是爭著掌家，可現在怎麼樣，你也看出來了吧，祖母並不是簡單的人，您說她會這麼平白無故的死了？」

曹振邦苦笑了兩聲。「先不說妳祖母了，就說妳兩個叔叔，妳四叔我就沒好好教導過他，他能在外面活命已經很好了。至於妳五叔，這孩子有勇有謀，可是目前這樣，他敢現身嗎？更別說是重振曹家了。」

水瑤拿過一把稻草，坐到上面。

提起這個兒子，曹振邦有些恍惚。「妳這五叔啊……打小我就讓他舅舅將他送去跟人學藝，文武雙全，說起來家裡的孩子沒一個能跟他比。」

第八十六章

水瑤冷哼了一聲。「爺爺，您看到的未必就是真實的，曹家會走到今天，您可有想過這癥結到底在哪裡？」

她頓了頓，繼續道：「是，曹家先祖是傳了那麼一個東西下來，可到底是誰把曹家傳家寶的事情洩漏出去？如果連這個您都不去追究，那您的子孫就只能永遠待在罪人村裡了。

「我也只能說這麼多了。這銀票您老拿著，看是接濟別人也好，留著自己花也行，雖然不多，不過足夠您在這裡開銷的了。」

看到水瑤給的一百兩銀票，老爺子還挺欣慰的，其實他不想要水瑤遞過來的銀票，可又架不住腹中無食。

想到這裡，他都覺得羞愧了，早知道這樣，他就先把銀子拿給這孩子，也好過讓官府沒收。沒想到掙了一輩子的銀子，到頭來一塊都不屬於自己。

水瑤一隻腳剛邁出去，老爺子一句話又讓她停住了。

「丫頭，其實我也不是沒懷疑過，可是妳三姨奶奶已經死了，這事只能成為無頭案了。」

水瑤轉過身子，笑意盈盈地看著老爺子。「爺爺，我沒告訴您吧，三姨奶奶的屍體不見了，義莊裡也沒有，誰也不知道是怎麼回事，或許是五叔弄走了，但既然他們能把三姨奶奶的屍體弄走，怎麼就沒那個機會過來見見爺爺您呢？看來您這個兒子，不簡單哪！

「還有，據我所知，這世上有一種讓人假死的藥，不知道爺爺您聽說過沒？」

曹振邦早就被宋靜雯屍體不見的消息給震懵了，失聲問道：「不見了？怎麼可能，她明明死了，即便是妳五叔帶走了，也沒那麼快吧？」

水瑤嘴角掛了一抹冷笑。「這就得問三姨奶奶了，您老也別急，說不定哪一天就能見到她呢！」

水瑤剛想走，又被老爺子給喊住。「丫頭，妳的意思是……她還沒死？」

水瑤回頭道：「爺爺，曹家這一齣接一齣的事，您覺得會是巧合？人是死是活，我雖沒證據，但是我有腦子，我會分析。」

說完她轉身就出去了。

看到在門口站著的父親，水瑤嘆口氣，走過去。「爹，你跟我來。」

到沒人的地方，水瑤終究還是沒忍住，塞給曹雲鵬一些銀子。「爹，這個你先拿著，暫時把眼前的日子應付過去，剩下的以後再想。」

曹雲鵬對閨女這番舉動有些意外，不過想想也釋然了。這孩子之前不是沒有怨，只是看不得他受苦吧，這孩子到底心善啊！

曹雲鵬也不跟自家閨女客氣，接過銀子後，問了一個嚴肅的問題。

「丫頭，妳老實跟爹說，沈姨娘是不是和你們之前發生的意外有關係？」

水瑤眼神有些複雜。「爹，這事我也在查，若有需要，我會再找你的。若真是她，這樣的女人留不得，你自己要有點心理準備。」

曹雲鵬能說什麼？沈姨娘雖然是他的女人，可他並不喜歡，只是別人硬塞給他的，即便有了孩子，依然改變不了什麼。

「放心，爹這邊沒問題，我沒妳想的那麼脆弱。」

水瑤展顏一笑。

晚上，曹振邦睡在溫暖的被窩裡，腦子終於開始幹活了。

如果今天孫女說的是真的，那事情可大了。

他一點一點回憶以前發生的事，越想越心驚，許多自己忽略的細節也一點點變得清晰起來。

另一頭，在建業縣某一間房子裡，被人認為已經死了的曹家老太太此刻正在閉目養神，也不知道兒子和老頭那邊究竟是什麼情況？

「母親，我回來了。」

曹雲逸滿臉絡腮鬍，一身短打，跟之前那個翩翩的曹家公子根本判若兩人。

若按照之前那張通緝畫像，估計沒人會認出眼前這人就是失蹤的曹家四爺。

老太太急切地問：「怎麼樣，你爹他們還好吧？」

曹雲逸坐下喝了一口水，這才跟老太太說道：「爹那邊挺好的，他們分家了，連大哥、二哥和三哥他們也分了，爹跟著二哥他們過，水瑤今天也過去給家裡添置了些東西和銀子，他們的生活暫時不用擔心。」

老太太長嘆一口氣。「我是不擔心，這些人手裡應該都藏了些東西。只是心疼你爹，那個老妖婦把你爹給騙慘了，估計到這時候他還在惦記那個妖婦吧？

「我就不明白，這個三姨娘到底是怎麼回事，她的身體比我好太多了，就這點路還能病死，怎麼看都覺得蹊蹺，十有八九是她跟她那兒子搞的鬼。」

曹雲逸苦笑了一聲。「即便她是金蟬脫殼之計，咱們也拿她沒辦法。以前的人都沒了，上哪裡去找證據？」

老太太搖搖頭。「也幸虧我們提前做了準備，不然現在咱們娘兩個肯定也在罪人村呢！總之不管這些人是人是鬼，咱們得想辦法給找出來。」

其實曹雲逸不是很贊同在這個時候出面，老太太則罷，反正她現在是一個被認為已經死去的人。他則不同，他現在可是被人通緝中，一旦被抓到，那後果絕對不會比罪人村那些人要好。

而且老太太這樣，他要是出事了，誰來照顧她？

「娘，老五在什麼地方，我們根本就不知道，況且曹家的事已經無法逆轉，我們要怎麼查？」

老太太笑著搖頭。「你漏了一處，家裡的下人需要發賣。如果那個宋靜雯還活著，她肯定會想辦法把她身邊的人給弄回去，我就不相信她身邊的丫鬟會一點都不清楚？如果有人搶著買她們，恐怕不是宋靜雯就是老五幹的，這個你得盯緊了。

「還有，我身邊的丫鬟和婆子，我會列出一張名單給你，你讓人想辦法把她們給我買回來，這樣咱們做事也能方便一些。至於你爹他們那頭，咱們暫時不能跟他們聯絡上。」

其實曹雲逸還是有些地方不大懂。「娘，您說咱們這樣也不是長久之計，況且查以前的事肯定不容易，我猜水瑤他們一定也在查這事，您說我們要不要跟她聯手？」

老太太何嘗沒想過這個辦法，但水瑤現在恐怕已經讓某些有心人給盯上了。在她的心裡，總覺得這個宋靜雯不簡單，這個女人在曹家這麼多年，她都琢磨不透，那死老頭子也未必能看透。

「水瑤這邊暫時還是先別聯絡了，那孩子是個有心的，或許她心裡已經在懷疑了，不過我們不能冒險，如果讓盯著她的人發現，我們就更沒機會了。雖然暫時沒法把你爹他們弄出來，可我們在外面至少能解決一些他們生活上的難題。你讓人在罪人村附近開間雜貨鋪，雖說生意只限周圍的村子加上罪人村，不一定能掙大錢，但也足夠咱們開銷了。咱們都到這裡來了，也該想辦法把生意做起來。」

「行，那我去安排人手準備雜貨鋪的事，這樣咱們也能知道爹他們的消息。」曹雲逸點頭道。

水瑤可不知道曹家老太太竟然也在建業縣，她現在正跟莫成軒兩人商量著怎麼對付沈姨娘。

在兩人心裡，沈姨娘比齊淑玉要狡猾多了，能讓他們忽略那麼久，說明這個女人很會掩飾。而對付這樣的人，正面出擊恐怕無法攻破她的心防，只能用另外的手段。

「這事我也參與，反正她的那些事我也知道，我去扮那個女人，再找幾個人來配合我。」徐倩提議道。

三人商量好了，徐倩和冬兒便開始做準備。

「如果這事成了，妳要怎麼做？」莫成軒看著水瑤。「殺了她？妳可別忘了，她還有一個女兒在妳爹身邊呢。」

水瑤苦笑一聲。「這事還是讓我爹來決定吧，我想看看我爹最後會是什麼態度。」

在她的內心深處，其實一直想給曹雲鵬最後一次機會，如果他還是猶豫不決、分不清輕重，那以後曹家就真的跟她沒關係了，她不會再去幫他們。

「唉，希望妳爹別讓妳失望。」

畢竟是夥伴，莫成軒多少能理解水瑤心裡的想法，若換作是他，恐怕也會失望吧？就像當初他娘那樣，他不也是一樣的心情嗎？所以他能理解，因為他體會過。

水瑤又去罪人村送了些東西，也順便跟曹雲鵬他們說起齊淑玉的情況。雖然她是不是真的被處決了，水瑤也不清楚，不過為了試探沈姨娘，她只能先放出風聲。

「……這麼快？」曹雲鵬也說不清此刻究竟是什麼心情。

沈姨娘則是一臉吃驚，接著鬆了口氣。那個女人總算死了，她以後再也不用怕她了！

她假裝惋惜地道：「唉，這事咱們兩個知道就行了，先別跟可盈他們說，他們到這裡受罪已經夠苦了。」

看到水瑤帶來的東西，沈姨娘開心不已，還以為在這裡會過苦日子，可這又是肉又是米的，跟在曹家時也沒差多少，唯一不同的是，現在這個家是她在管，頭一回她有了當女主人的感覺。

水瑤不是沒察覺到沈姨娘的變化，不管一個人再如何掩飾，一旦精神放鬆了，言語間自然就會露出情緒上的破綻。

「水瑤，以後有空就過來，雖說這地方名聲不好聽，可到底是自己的家，妳在外面妳爹也不放心。」沈姨娘叮囑道。

水瑤笑了笑。「那就拜託姨娘好好照顧我爹了。爹，以後有空我再來看你。」

水瑤一走，沈姨娘這心就更加放鬆了。在水瑤面前，她總覺得有些喘不過氣。

水瑤他們並沒有立即行動，因為他們在等——等待沈姨娘毫無防備的那一刻。

「今天晚上再開始行動。」

今晚她們要上演一場大戲，主要就是針對沈姨娘。

晚上，沈姨娘很開心可以跟曹雲鵬一起入睡。這幾天因為齊淑玉的原因，曹雲鵬一直是單獨睡一間房。

誰知她半夜醒來，卻發現自己在另外一個地方。

陰風陣陣，煙霧繚繞，她正被牛頭和馬面架著，拖進一間屋子。

沈姨娘嚇得渾身冒出冷汗，連說話都結巴。「這、這是什麼地方？你們是誰？快放開我，否則我要喊人了——」

「哼，沈姨娘，妳可還認得我？我在陰間好冷啊，若不是妳，我們怎麼會落到如此下場？」一個女鬼披頭散髮，迎面而來，看那穿著，沈姨娘隱隱有些熟悉。

女鬼見她不開口，猛然撩起頭髮。「妳看看我是誰——」

沈姨娘看到這張似曾相識的臉，竟是夏荷，嚇了一跳。「妳、妳找錯人了，我只是讓妳找人害洛千雪他們……妳的死跟我沒關係，妳是幫三姨奶奶下毒才會落到這地步，這帳妳不能算在我頭上……我也是看到妳和春芳在小樹林裡嘀咕……」

緊接著又飄來一個女鬼，滿臉是血。「沈姨娘，都是妳害慘了我！」

「齊淑玉?!」沈姨娘嚇得抱緊了腦袋。「妳別找我，跟我沒關係，洛千雪是妳要害的，我只不過是順水推舟而已……那個女人也是妳殺的，找我做什麼？你們認錯人了，我不想死，我要回去——」

那個被喚作「齊淑玉」的女鬼拉著沈姨娘的頭髮使勁拽著。「妳這個賤人，早就想坐上我的位置，沒有妳讓人痛下殺手，那個雲水瑤怎麼會對這事追查不捨？都是妳害的，妳拿命來——」

「放肆！到了陰間，自有閻王爺給妳們作主，都退下！」

沈姨娘聽到閻王爺的名字，嚇得趕緊跪下磕頭。「閻王大人，求您明察，我雖然出了銀子讓夏荷找人殺了洛千雪他們，可洛千雪他們都好好的，這事也算不到我頭上，我就算有錯，也罪不致死啊——」

一旁，被莫成軒捂住嘴巴的曹雲鵬瞪著跪在地上磕頭如搗蒜的女人，臉脹得通紅。他還以為她是個好女人，在他最困難時不離不棄，誰知這一切都是個笑話，他就像是傻子，被這些女人玩弄於股掌之中。

聽著沈姨娘的供述，莫成軒嘴角噙著一抹冷笑。這個女人可真會裝，要不是演了這麼一齣，恐怕他們還真的奈何不了她。

牛頭馬面讓沈姨娘畫押，沈姨娘嘴裡還在爭辯。「這跟我沒關係，閻王大人，求您行行好，我還年輕，孩子還小，我又沒造什麼孽，要算帳，您應該都算到齊淑玉頭上，沒有她，我也不會花那筆銀子，都該怪她，誰教這女人對我們娘兩個太狠了……」

「行了，閻王大人已經知道了，畫押之後就送妳還陽。」

沈姨娘原本還不大相信，看到閻王大人點頭，這才畫了押。

一直沒吭聲的閻王大人此刻站了起來，後頭露出的面孔讓沈姨娘大吃一驚。「老爺？你怎麼也在這裡？快，咱們回去，這裡可不是咱們待的地方——」

沈姨娘也沒想到一覺竟然睡到了閻王殿，面對鬼差、閻王以及那些索命的，嚇得她該招的都招了。

話音剛落，剛才還寒氣森森、煙霧瀰漫的屋子瞬間就亮起了燭火，只見門口站著一臉陰沈的曹雲傑夫妻以及水瑤父女。

沈姨娘就算再糊塗，也明白這是怎麼回事。

水瑤怒火沖天，上去就甩了沈姨娘幾個巴掌。「妳裝得可真好啊！讓齊淑玉給妳頂了罪，妳卻想坐上她的位置，妳也真夠狠的，差點都要把我瞞過去了，妳這好演技，不去當戲子都可惜了這才華！」

柴秋桐更是一臉冷漠地看著癱倒在地上的女人。「沈姨娘，妳比齊淑玉聰明，若洛千雪他們死了，就算有人懷疑，那也是懷疑到齊淑玉頭上，要是她倒了，妳就有機會被扶正。這算盤打得可真夠好，可惜啊，人算不如天算，妳就沒那個命！」

沈姨娘突然站了起來，想搶回那個簽字畫押的供詞，可冬兒早有防備，一腳就把她踹倒在地上。

「夠了！」

曹雲鵬大喝一聲，上前就朝著沈姨娘一頓踹。

他恨啊，她手裡的銀子還是他給的，因為他覺得這女人在齊淑玉手下也不容易，不捨得吃、不捨得穿的，現如今想來，多麼可笑，他就像個傻子一樣被人耍著玩，難怪女兒說他不適合做官，連自己枕邊人都沒看明白，他如何在官場上自處？

第八十七章

曹雲傑一把抱住有些瘋狂的弟弟。「行了，老三，別把人打死了，為這樣的人髒了你的手不值得。把她交給村長吧！」

曹雲鵬無力的靠在哥哥身上，一臉慘白。「二哥，你說我這都是招誰惹誰了，這些女人怎麼一個個都不想放過他們娘幾個？」

曹雲傑拍拍弟弟的肩膀。「你啊，就是身邊姨娘太多，女人娶一個就好，好好的愛護她、守護她，這樣夫妻兩個才能白頭到老。行了，有什麼事情明天再說，孩子還在這裡呢！」

曹雲鵬擦擦眼睛，回頭看向沈姨娘，怒喝道：「把她給我綁起來，明天早上送到村長那邊！」

說完他看向水瑤，苦笑了一聲。「丫頭，爹就不說其他的了，有妳這麼一個女兒，爹感到很驕傲。」

看著如此的曹雲鵬，水瑤也不知道該說什麼好。

「二伯，你們保重，我這邊的事情暫時是辦妥了，剩下的我也不清楚是誰做的，你們有時間可以慢慢查，我走了。」

看著水瑤他們遠去的馬車，曹雲傑不由得嘆了口氣。「這丫頭自己的仇報了，我娘這邊到底該怎麼辦啊？沒有她在，我還真的一籌莫展。」

柴秋桐挽著他的胳膊。「這事從長計議吧，娘已經不在了，查也沒地方查，三姨娘也死了，一切也都該煙消雲散了。走吧，明天還得早起呢。」

正如水瑤所預料的那樣，就算曹雲鵬他們想隱瞞這事也瞞不過去，沈姨娘這麼一交出去，不僅是曹家人，連村子裡的人都知道了。

曹可欣得知娘被抓走後，在家裡好一頓的哭。

由於這幾天發生這麼多的事，曹雲鵬對家裡的三個孩子便多了一分關注。

之前他們各自有娘，他這個當爹的只要處理好外面的事就好，可現在他是既當爹又當娘，他不希望發生變故之後，自己的子女在仇恨中生活。

所以姊弟幾個出去撿柴時，曹雲鵬也跟了出來。

對於曹可欣，他該說的道理都說了，剩下的就讓這個孩子自己想明白了。

「爹，你今天怎麼跟來了？」曹可盈問出心裡的疑惑。

曹雲鵬摟著兩個孩子的肩頭。「可盈、永博，之前爹也沒適應過來，所以對你們多有疏忽，現在事情既然發生了，那咱們就不能逃避……」

曹雲鵬難得對兩個孩子敞開心扉，收到的效果也是顯著的。現在想想，他之前做得真的不夠，好在現在補救，為時不晚。

他希望經過生活的磨礪，三個孩子能夠用正面的態度看待現在的生活，而不是天天互相抱怨。

因為曹雲鵬家裡的情況，現在吃飯時都由柴秋桐帶著曹可盈他們一起吃，畢竟老三一個男人，別指望他會做飯。而可盈雖然年紀不小了，身邊卻也沒個長輩可以教她，只能由她這個伯母來教了。

第一眼，她就覺得這兩個孩子的精神比之前好多了，少了陰鬱，人也變得開朗起來。

曹燕琳他們雖然不大喜歡三房的孩子，可如今這番變故，倒是讓他們的關係改善了不少。

那個大家都認為已經死去的三姨娘宋靜雯，此刻正在唸叨。

「你得想辦法把人給弄回來，我怕我身邊這兩個丫鬟要是落在有心人手裡，咱們的事情會敗露！」

曹雲軒坐在椅子上，蹺著二郎腿，一副悠哉的樣子。「娘，這事我已經安排好了，再說了，那兩個人好歹是父王給妳的，不至於這麼沒用。對了，以後咱們兩個該怎麼辦，爹沒跟妳說？」

說起這事，宋靜雯面露難色，看向兒子的眼神多了一抹複雜。「兒子，曹家這麼一倒，你的身分就不大好辦了，除非你父王能夠帶咱們回去，要不然你無法走到明處，這也是娘最擔心的事情……

「這麼多年，咱們努力的不就是想讓你有一個尊貴的身分？你本就是你父王的兒子，其他幾個都在王府裡享受他們該有的待遇，憑什麼你就要躲在角落裡？這事咱們可得跟你父王好好說說，如果以後事成了，說不定你就是皇子，到時候你也有繼承大統的機會。」

曹雲軒苦笑了一聲。「娘，這事我不是沒想過，可以目前咱們的身分，的確有些尷尬。明天父王估計會過來，您好好的跟他說，我也想好了，如果不給咱們娘倆一個身分，這個傳家寶我也不會交給他。」

說完，曹雲軒眼中閃過一絲狠戾。八王爺是他親爹不假，可他這個兒子這些年光是為了替這個父王做事，一點好處都沒撈到，如果母親的身分還是不明不白，那以後他們就更無法公開了。

這次也是個機會，他得讓這個爹做個保證。

宋靜雯心裡不是沒有想法，這麼多年陪在曹家那個老頭子身邊，大好的青春年華都白白浪費在曹家後宅，她不委屈嗎？當初八王爺可是給了她承諾，就為了這份承諾，她才心甘情願的守在這裡。況且那些傳家寶中，也有他們宋家的一份，就為了這個，她也得為自己和兒子爭取最大的利益，彌補她這些年的損失。

望著鏡子裡的容顏，她有那麼一瞬間失去了自信。「兒子，你說娘是不是老了？也不知道你父王心裡還有沒有娘的位置？估計王府裡肯定有不少年輕貌美的女人……」

曹雲軒好笑地站起來，走到宋靜雯身邊，摟著她的肩頭，看著鏡子裡的嬌媚容顏。

「娘，妳什麼時候變得這麼沒信心了？那些女人算什麼，整天就知道爭風吃醋，我看父王就喜歡妳這樣的，這些年也苦了妳。娘，妳有沒有想過這次就跟父王回去？」

這事宋靜雯暫時沒敢想，雖然這些年曾偷偷跟王爺雲雨過，可回到王府這事，她覺得可能性不大，除非王爺能成事，否則目前她只能是養在外面的女人。

她嘆口氣，拉著兒子的手拍了拍。「你覺得王爺會為了你娘冒這個險？先不說我之前的身分，就說帶我回去，他要怎麼解釋？就算有心瞞著，可這王府裡，哪一個不是人精？其實娘也沒想非要到王府裡生活，只要能把你的身分定下，娘就算吃點苦沒名分都成。」

曹雲軒不傻，他也知道王府是什麼樣子，偏偏他的身分只能是一個辦事的手下。

看著那些繁華，其實他心裡也不平衡。同樣都是王爺的兒子，憑什麼他要隱姓埋名留在曹家？同時他也為自己的娘親抱屈，那些女人可以花枝招展的去參加各種宴會，而他娘一個美如出塵般的仙子卻只能屈居於曹家後宅，當一個姨娘。

這些年來，他不是不知道曹家老太太的刁難，所以他才恨曹家、恨老太太。

「娘，別想那麼多了，能多爭取咱們就多爭取，別忘了，我手裡還有傳家寶呢，有這麼一個籌碼，父王心裡還不得掂量掂量？妳啊，就踏實地在這裡住著，等見了父王自然就能知曉了。」

被母子兩人惦記的八王爺此刻正帶著人往這邊趕。五王爺已經對他的行蹤產生了懷疑，所以他不得不帶人先行離開，可他正事還沒辦呢，所以半路他又殺了記回馬槍。

當然，他已經安排了個替身，會以他的身分帶人回去。

五王爺坐在燈下，看著手裡的信，漫不經心的問了一句。「老八真的回去了？」

手下猶豫了一下。「王爺，表面上八王爺是帶人回去了，可還有另外一種可能，他或許半路會再回來，說不定他現在已經在回來的路上了。」

五王爺沈默了一會兒。「讓人盯緊點。對了，曹家那兩個漏網之魚還沒有消息？」

手下搖搖頭。「現在益州城裡根本就找不到他們的影子，我懷疑這兩人會不會已經跑到別的地方了？」

五王爺的眉頭頓時皺了起來，臉上帶著意味不明的神色。「有點意思，讓人往城外搜。」

手下點頭。「還有一個消息，曹振邦的那個三姨娘半路沒了，屍體也失蹤了，這事屬下懷疑恐怕是曹雲軒在背後搗鬼。至於那個曹雲逸，這個人在曹家根本就不受待見，一個沒娘的孩子，外家靠不住，也沒什麼正經的營生，只是後來不知道怎麼回事就消失了一段時間，到曹家老太太去世時才露個面。雖然他的行蹤是有些奇怪，但是我們更好奇的是那個三姨娘生的兒子曹雲軒。」

五王爺提著的筆又重新放下，轉過頭看向手下。「你的意思是，或許曹家那次劫案是那個曹雲軒搞的鬼？那他的目的何在？你別忘了，他也是曹家的一分子，一榮俱榮，一損俱損，這個道理他不會不明白。」

五王爺往後靠在椅背上，閉眼沈思。「其實我也挺好奇，他這些年出去都做了什麼？這個曹雲軒能文能武，如果弄不好，那就是個禍害，至於那個不受寵的庶子，還不會那麼讓人擔憂……」

如同五王爺，江子俊現在也有同樣的擔憂——這個曹雲軒到底在哪裡？

路霆楓興沖沖地拿著一張契約走了進來。

「小少爺，你看看，你說的那座山我已經買下來了，不過沒用你的名字，而是用我的名字，這樣咱們行事也能方便些。我跟村長說好了，山上那座廟，村子裡的人可以去祭祀，也可以去撿柴火，這老小子才肯賣給咱們。」

江子俊點點頭。「做得好。對了，最近那地方有動靜嗎？」

對此，路霆楓也覺得奇怪。「沒有出現大批人馬，只聽說來了幾個人說是到山上採藥，然後就沒影了，我們也著急這些人怎麼還不出現？」

江子俊先給路霆楓倒一杯水。「我在想，如果這個曹家五爺跟那批劫匪是一夥的，這事是不是就能解釋了呢？之前水瑤一直對這人心存懷疑，可是我們手裡根本就沒證據。如今曹家出事了，他卻跑了，你看這人是不是應該列為主要懷疑對象？」

路霆楓一拍大手。「對啊，你這個猜測或許是正確的，你爹也說了，那個殺手組織的主子是個年輕男人，而且還不以真面目示人，如此就表示這個男人很有可能怕人認出他來，看來這個曹雲軒的嫌疑很大。不如這樣，讓徐五的人全力去找這個曹雲軒，只有抓到他，咱們才可以解開謎團。」

說到這裡，路霆楓坐不住了，還沒等江子俊說什麼，又像一陣風跑了出去。

他剛出去沒多久，手下的人就過來彙報。

「少爺，徐五那邊來信了，說首飾鋪的那個掌櫃往城外去了，已經有人跟了過去，徐五的意思是問你要不要過去看看？」

江子俊立刻站了起來。「走！」

江子俊帶著人追過去時，徐五已經派人等在半路上了。「江少爺，我們頭兒已經追過去了，咱們快點跟上。」

可越走，江子俊心裡越納悶。「這條路不是要到青岩寺嗎？你們的消息準確嗎？那個掌櫃不會是去上香的吧？」

崔武搖搖頭。「現在不是年節，誰沒事會去廟裡？尤其那個掌櫃以前就沒聽說他迷信這個，所以這事還是有蹊蹺，咱們過去就知道了。」

只是還沒到山腳下，就被徐五攔住了。

江子俊疑惑。「你怎麼沒跟過去，就不怕把人跟丟了？」

徐五也懊惱。「我也想跟，可你看看，就這地方，咱們怎麼跟？我派了兩個女的進去，也不知道裡面是什麼情況？」

江子俊打量了下青岩寺，這地方還真的不錯，依山傍水。「這麼多人守在這裡，人家肯定會懷疑的。要不這樣，我帶人到周圍轉一下，你帶人去茶寮等著，有事打個信號就行。」

徐五覺得可行，便安排他帶來的一些人跟江子俊走，其他的人則跟他守在山腳下。

其實江子俊心裡也沒什麼更好的打算，於是帶著人在周圍轉轉，只是他沒想到這無意中的想法，竟然會給他帶來這麼大的驚喜。

青岩寺周圍都是山，就在他們走到半山腰時，其中一個手下小豆子突然發現了一個奇怪的地方。

「江少爺，你看那個山谷！」

江子俊順著小豆子指的方向看去，見那個地方好像有人在走動，還不止一、兩個，再仔細一瞅，他就發現其中的不同。

若說這幾個人是跑到這裡來砍柴或是打獵，也不是不可能，可對面的山腰處竟然還有建築，雖是簡單的房屋，可他沒見過尋常人家會在樹頂上搭屋子，且裡面還有人不斷朝外張望，就衝著這一點，讓他產生了懷疑。

「大家快躲起來。」他對手下吩咐。

眾人躲進樹林中，都覺得不可思議。「這些人可不像是普通的老百姓……江少爺，你看他們的衣服，老百姓不是這麼穿的，看來對方都是有身手的人，難不成……」

小豆子在一旁接著說道：「難不成他們就是咱們要找的那些人？如果是這樣，那就能解釋為何咱們一直找不到他們，躲到這種地方，要上哪裡找？江少爺，咱們該怎麼辦，這個時候過去，我擔心咱們人手不夠啊！」

江子俊心裡不是沒有考量，即便今天帶了許多人來，可這大白天的，他也沒把握一定就能一舉拿下這些人。

「小豆子，你帶兩個人回去跟徐五說一下這裡的情況，讓他多做準備，咱們晚上來個偷襲，另外讓徐五給我們準備一些吃的帶過來，快去！」

第八十八章

吩咐完，江子俊便將剩下的人全部帶到樹林深處，就怕人還沒捉到，反而打草驚蛇。

小豆子跑回去找到徐五，將他拉到一邊。

「……什麼，你說那些殺手就躲在附近？」徐五不可置信的瞪大眼睛。他們找了那麼久，敢情這些混帳東西竟然躲在寺廟周圍?!「他娘的，這幫孫子竟然躲到山溝裡了，這次咱們一定要把他們消滅了。崔武，你過來！」

他讓崔武帶著其中一個人弄些食物送過去，讓小豆子在這裡守著，他則帶兩個人回去召集人馬，準備東西。

另一頭的廟裡，首飾鋪的掌櫃跟一個和尚低語幾句後又上了香，接著就直接下山了。徐五派過去的兩個女子，一個留在廟裡繼續盯著那個和尚，另外一個則跟著那個掌櫃的一起下山。

看到守在山下的小豆子，女子趕緊拉著他詢問徐五的下落。「那這個掌櫃咱們還要跟蹤嗎?山上那個和尚讓小妹去盯了，也不知道是什麼情況。」

小豆子也不知道該怎麼做。「要不咱們在這裡等著，那個掌櫃就是回去了，也會有人盯著，我猜他只是過來送信。」

廟裡的那個和尚一轉眼就沒了蹤影，跟蹤他的女子也不知道人去了哪裡，最後實在是沒辦法，也只能下山了。

也幸虧她沒跟過去，和尚去了後山，那裡還有一處房子，宋靜雯和曹雲軒就住在這裡。如果她跟過去的話，恐怕早已沒了小命。

「少爺，主子讓你帶著夫人到山下的宅子去等他，估計天黑之前就能到。」那和尚道。

宋靜雯聽說王爺要來，臉上頓時綻放出笑容，趕緊起身進屋子裡打扮。

曹雲軒更關心的是他父王這次過來能待幾天？將和尚打發走之後，他去找左、右護法商量後續的事。

「主子，王爺來了，那可是大事，要不要帶些人過去？」

曹雲軒搖搖頭。「不用，父王回來也是悄悄的來，咱們這麼大張旗鼓的帶人過去，讓有心人看到了，反而會暴露行蹤。你們兩個帶著外面的人跟我一起過去，咱們先下去準備，至於那些兄弟讓他們晚上都別出去了，有什麼事情也好有個接應。左護法，你去置辦些食物，父王來了，肯定要吃飯。」

江子俊他們也沒想到，八王爺這記回馬槍倒是方便他們偷襲，原本這些殺手晚上沒事都會去幹點偷雞摸狗的事，今晚因為有曹雲軒的囑咐，誰也沒出去，都乖乖的待在山谷裡。

這邊曹雲軒帶著宋靜雯從山上的小路下來，守在山腳下的小豆子幾個雖然沒認出已經喬裝改扮過的曹雲軒等人，可他們這些做乞丐的，還是有幾分看人的臉色。尤其跟在徐五身邊那麼久，這幾人走路的樣子明顯是有身手的，加上他們還是從山上下來的，怎麼看都覺得奇怪，因為這些人的裝扮明顯不是山裡的窮人，也不像是香客，所以小豆子就存了一個心眼，讓那兩個女手下跟了上去。

「妳們兩個記得別太靠近，主要是查探他們的底細，還有跟誰接觸，千萬別跟對方發生衝突，畢竟妳們根本就不是他們的對手，自己注意安全，我在這裡守著，有什麼事就過來說一聲。」

等徐五帶人過來時，小豆子便跟他提了這麼一嘴。可徐五一心想著去消滅那些殺手，對這事也沒怎麼放在心上。

「小豆子，你在這裡等著，我帶人過去江子俊那裡。如果她們姊妹兩個沒事，你們就在這裡等我們回來，如果明天我們還是沒動靜，你們就先回城裡。」

其實下一句話他想說的是：如果我們一直沒動靜，說不準就全軍覆沒了。

小豆子怎會不知道他的意思？他在一旁著急地道：「老大，我就在這裡等著，直到你們回來。」

徐五笑著拍拍小豆子的肩，頗為豪氣地道：「好，那你就在這裡等著，我肯定會回來的。兄弟們，出發。」

雖然水瑤不在身邊，可經過上一次的江邊圍堵，他也學到了不少東西。身手不夠，可他們可以透過其他方式彌補，像這一次，他帶了足夠的材料，沒有刀槍，未必不能殺人，有些東西比刀槍還厲害呢。

樹林這邊，江子俊看到徐五帶著人偷偷過來，這提著的心總算能落回肚子裡了。

沒人瞭解他看到這些殺手時是怎樣的心情，他恨不得吃他們的肉、喝他們的血，如果不是還存有理智，他早就衝下去跟對方大幹一場。

江子俊把他觀察到的情況簡單地跟徐五說了一遍。「……明哨那頭讓我的人去解決，我過去暗哨那邊，至於這下面的人就交給你了，最好給他們來個『包餃子』，一個都不能讓他們逃出去。」

徐五眉毛一挑。「沒問題，這事交給我，我給他們弄了點特殊的材料，不讓他們好好的品嚐一下，都對不起我之前的努力了。那咱們什麼時候行動？」

江子俊盯著遠處那些正在喝酒吃肉的殺手，吐出的話也變得冰冷。「半夜送他們上西天。」

徐五這次帶來的人都是上次在江邊埋伏的人，對這事有經驗，而且上一次的成功，讓這些兄弟特別有信心。

「老大，你放心吧，這次讓他們也知道什麼叫做害怕！」其中一個兄弟露出志在必得的笑容。

另一頭，八王爺帶著貼身隨從趕了過來，看到等在院子裡的兒子和女人時，一身疲憊似乎也消了不少。

「老爺。」

今天宋靜雯打扮得異常美豔，這些年待在曹家後宅，她可不是光養養花草那麼簡單，她還琢磨該怎麼讓自己更加吸引男人，這個可是她最拿手的技能。

沒辦法，她就是怕啊，萬一王爺心裡沒了她，她兒子該怎麼辦？如果曹家沒事，她還沒那一層擔憂，可曹家已經這樣了，她得想辦法抓住這個男人的心。

看到宋靜雯，八王爺不由得下腹一熱，不過他也知道還有正事沒辦。

「雲軒，先跟我進來。」

宋靜雯期期艾艾的看著八王爺領著兒子進了書房，有些不甘願地揮了揮手中的帕子，心裡暗道：這個男人怎麼沒感覺啊，她這副裝扮連她自己都非常滿意，難不成王府裡還住著比她更漂亮的妖精？

八王爺這次過來，目的是商談開啟寶藏的事宜。其實他手裡不缺財寶，但這寶藏裡有一樣東西是他所沒有的——聽說這裡面有一樣東西能讓人長生不老，如果這東西在手裡，那他豈不是可以做萬年的皇帝了嗎？為了這東西，他才不惜代價要得到。

看到曹雲軒手裡的幾塊傳家寶，八王爺不禁有些懷疑。「都是真的？我怎麼看著不大像，你會不會是讓對方糊弄了？」

「人老奸，馬老滑」可是一點都沒說錯，八王爺雖然沒見過傳家寶，可是第一眼他就產生了懷疑。

他見多了好東西，尤其是玉珮，眼前這幾個乍看沒什麼區別，可仔細一瞧，還是能看出一些不同。老東西可不是隨便都能模仿的，時間不同，潤澤度也會不同，尤其經過歲月的洗禮，這東西也帶了靈性，雖然花紋色彩相似，可到底缺了種歲月的沈澱，所以他才會生此懷疑。

曹雲軒也嚇了一跳，他費了多大的勁才弄到手裡的東西，如果是假的，那豈不是浪費了他這些年的努力和付出了？

「不會吧，父王，我怎麼沒看出來？就說這穆家的，那可是我費了千辛萬苦去調查，再派人去穆家偷來的，還有這洛家的，也是花了一番力氣才找到，應該不會有錯才對。」

八王爺皺著眉頭。「如果是假的，到了那地方肯定打不開。不如這樣，先試試，如果是假的，應該只會無法開啟，裡面的東西不會損毀，到時你再找這幾家好好算帳，務必想辦法拿到真的。」

原本他興沖沖的過來，可看到兒子手裡拿到的東西，八王爺心裡多少還是有些失望。

「開啟寶藏的事就交由你們來吧，我不能在這裡久留。」

失望歸失望，但至少曹雲軒手裡也有真的，只要有真的在他們手裡，別人就不可能打開這個寶藏，反正他不信以後沒機會開啟，待他得了天下，但凡他想要什麼，那些人還不得乖乖的送上來？

想到這裡，八王爺心情又變好了，想到宋靜雯那個老相好，心裡不由得一動，趕緊朝臥室走去。

屋裡，宋靜雯聽到外面的腳步聲，嘴角頓時浮上一抹得意的笑，穿上那件她特地做的雲紗迎了出去。

薄紗裹著白皙豐滿的胴體，加上這具身體的主人又是那麼美麗不可方物，饒是八王爺見慣了美人，也禁不住她這一挑逗。

很快的，屋子裡就傳出讓人臉紅心跳的聲音。

外頭，護衛都有些恨不得捂住耳朵，誰教這聲音實在太勾人，害他們都想去找個姑娘洩洩火。

難怪王爺走到半路還記得回來找這個女人，換作是他們也會這麼做，就聽這聲音，都快趕上貓兒叫春了，哪裡還有剛才那端莊的模樣？

一番雲雨後，宋靜雯和八王爺兩人卿卿我我地依偎在一起。

「王爺，以後我們娘兩個該怎麼辦？曹家都這樣了，我們已經沒了棲身之處，咱兒子總不能一直活在暗處吧？我倒是無所謂，只要王爺心裡有我，在哪裡都覺得幸福。可孩子不同，他這年紀早該成親生子了，可這些年在外頭跑，也沒那個空閒。唉，我沒別的奢望，就是希望能讓孩子有個後代呀……」

八王爺閉著眼睛不接話，這女人心裡是怎麼想的，他怎麼可能不明白，不就是想要給兒子一個身分嗎？

先不說曹家的情況，就說這個兒子，一旦承認他的身分，他自己會淪落到什麼境地，他自己心裡明白。別看他是王爺，想抓他把柄的人可不少。

「我以前的承諾一直都在，但不是現在，得等到適當的時機才行。等著吧，以後我肯定會給妳一個交代的。」

王爺那略帶冷淡的語氣讓宋靜雯的心頓時一緊，臉上立刻堆滿了笑，聲音更加甜美。

「王爺，人家沒想那麼多嘛，你就別生氣了，反正兒子是你的，以後再公開也行，我就是想著咱們一家人能早日團聚。我這日日夜夜都想著王爺，也不知道您身體好不好？有沒有好好吃飯？」

這話讓八王爺心情好了不少，他眉開眼笑地點了點女人的額頭，寵溺地道：「還是妳會說話。妳別急，兒子的事我肯定會安排好的，妳先陪著兒子，他還年輕，有些地方考慮不到的，需要妳在一旁指點一二……」

八王爺的話讓宋靜雯感到暖洋洋的，她有自信，自己的兒子是最優秀的，甚至比王爺府裡長大的那幾個還要好，如今王爺說出這話，以後兒子說不定前途無量。

美麗的胴體再次纏上男人的身子，讓守在外面的人都不由得跟著擔心。

「王爺這身體行嗎？」

另外一個人瞪了他一眼。「就你話多，老實守著。」

半夜，曹雲軒是被噩夢驚醒的，他夢見自己在火上烤，那種感覺即便是醒了，依然會疼得窒息。

看到曹雲軒出來，住在外間的左右護法也都驚醒了。「主子，怎麼了？」

曹雲軒苦笑一聲。「估計山上待習慣了，這地方住得還有些不適應。你們先休息，明天還有事呢，我就坐一會兒。」

主子不休息，他們兩個怎麼可能在這個時候躺下，只能穿上衣服陪曹雲軒一起坐著。

「主子，你說咱們什麼時候去開啟寶藏？既然這地方已經勘察得差不多了，早點打開也能早點拿到寶物。」

曹雲軒嘆口氣。「這也是我鬧心的地方，王爺覺得咱們拿到的傳家寶好像有摻假，所以這事咱們還得再研究。這幾家裡面，我對曹家的比較有疑慮，畢竟我跟曹家人相處過一段日子，以他們的個性，較有可能拿假的來糊弄我。

「話說這曹家不是已經被封了嗎？明天晚上你們過去，看看老太太的房子裡是不是還藏了東西？當初曹家人被判流放，那都是搜過身子的，東西肯定沒帶出去，要是咱們手裡的是假的，那東西肯定還在曹家，總之不管真假，再去曹家搜搜看，到時都拿來試一試就知道是真還是假。

「至於楚家，我們和他們早就有過節，回頭讓咱們的人全力尋找楚雲天，這個小王八蛋，咱們一直沒有他的線索，還處處受他掣肘，這回咱們徹底解決了他，以後做事也能方便一些。」

曹雲軒的眼神不由得閃過一抹狠戾。

第八十九章

提起楚雲天，曹雲軒連牙根都癢，本來他手裡有幾張好牌，這回徹底讓楚家那個小王八蛋給毀了。

「對了，我那個姪女現在怎麼樣了？我怎麼覺得這個死丫頭好像也不簡單？」左護法嘆口氣。「主子，那個水瑤已經到建業縣去了，我覺得這丫頭有些門道，要不把她給綁了……」左護法的手在脖子上比劃了一下。

曹雲軒搖搖頭。「暫時先別動她，先把手裡的事情做好，等咱們騰出手來再好好琢磨琢磨。」

只是這三個人作夢都想不到，在他們聊天時，江子俊和徐五他們已經對山谷裡的人發動了攻擊。

這次徐五讓人帶了不少加料的爆竹，就算對方功夫再高，也躲不了因為爆炸而散開的各種藥粉，加上還有火箭和燃燒的木頭助陣，整個山谷瞬間變成一片火海。

等廟裡那和尚趕過來時，山谷已經火光滿天，他看到的除了屍體，還是屍體。

那和尚呆呆地望著山谷，連身邊來了人都沒察覺。

「怎麼回事，這、這都是誰幹的？」左護法看到山谷裡的慘狀，氣急敗壞地質問。

「我、我也不知道，我也是聽到半夜這裡響聲震天，才趕過來看看，誰想到兄弟們竟然會成這樣？」和尚乾巴巴的解釋著。

左護法像瘋了一般衝下去，想找到活著的人，可惜沒有活口，所有的人都沒了。

看著蹲在地上的左護法，身邊幾個隨從雖不至於潸然淚下，但也心有戚戚焉。這些人今天的結局，或許就是他們明天的下場。

左護法憤怒的吼道：「給我查到底是什麼人幹的！」

和尚在一旁勸道：「左護法，現在就是查也不能大張旗鼓的來，這麼多人呢，我估計官府很快就會趕來。留得青山在，不怕沒柴燒，咱們還是趕緊走吧，你也要回去通知主子一聲，一旦官府過來查，事情就大條了。」

這番話徹底讓左護法從震怒中驚醒。

「咱們撤！」

當曹雲軒和八王爺聽到這個消息，大為震驚。

「什麼，全都沒了?!」

左護法點頭。「王爺，這地方不可久留，為今之計得趕緊離開，有什麼事等咱們離開了再說。」

八王爺當然明白。「你們先蟄伏一段時間，等我消息。」

他現在什麼都顧不上了，這邊出事，五王爺那頭勢必會知道，為了避免麻煩，他還是及早離開，畢竟有些事，他還不想那麼快就跟五王爺對上。雖然這個五哥只是個不管事的閒散王爺，卻很受皇上重視，尤其他此次過來，恐怕還有其他的任務，只是他不清楚而已。

宋靜雯還想問她該怎麼辦？八王爺只說讓她跟兒子一起，就帶著人匆匆離開了。

徐五他們也知道昨天晚上動靜鬧得有些大，且還死了那麼多人，即便他們是正義的一方，他們也不想跟官府打交道，於是跟江子俊帶人連夜離開。

待官府的人出動了，江子俊他們已經坐在屋子裡享受勝利後的大餐了。

有手下冷笑道：「哈，官兵這時候過去有什麼用？這些人都是事後諸葛，之前怎麼就沒看到他們找到那些人？也幸虧咱們沒守在那裡。下一步咱們該怎麼辦？那裡面可沒發現戴著面具的人，這事還不算完呢！」

話音剛落，小豆子就帶著那兩個女手下急匆匆的走進來匯報。

「……妳的意思是說，那幾個人是八王爺的人？曹雲軒帶著手下，和一個女人待在那個宅子裡？」

兩人一起點頭。「看樣子他們走得挺急的，十有八九是因為你們殺了那些人，他們知道消息了才作此決定。」

徐五讓小豆子帶著兩人下去洗漱、吃飯，接著轉頭看向江子俊。

「你是怎麼看的，這個八王爺怎麼跟曹雲軒勾搭上了？」

江子俊神情頓時一冷。「這事似乎已經超出咱們的預期了，我懷疑那個宋靜雯跟八王爺原本就認識，至於這兩人的關係……」

徐五喝了一口酒，一拍大腿。「他娘的，這個老女人該不會是那個王爺的老相好吧？我都懷疑這個曹雲軒根本不是曹家的種，這樣就可以解釋他為什麼會害曹家，因為他根本不是曹家的人，所以他也就不在乎這些人的死活。」

江子俊若有所思的點點頭。「你這猜測十有八九是正確的，如果真是這樣，那一切就說得通了。徐五，讓你的人去廟裡把那個和尚抓起來，說不定這和尚知道些什麼，如果曹雲軒躲起來，咱們一時半會兒可找不到人。另外那首飾鋪也要看緊，我猜這地方八成是八王爺和曹雲軒他們秘密聯絡的地點。」

徐五煩躁的扒拉了下頭髮。「你說這都是怎麼回事啊！曹家可真夠倒楣的，剛逃過死劫，又要變成綠王八，我也真的挺佩服他們家這老爺子，這麼多年了，是不是自己的種，難道他看不出來？這樣的人也難怪讓人當王八，那就是糊塗蛋一個！

「嘖嘖，也不曉得這老頭知道這消息後會是什麼反應？要不給水瑤捎封信吧，看看她那頭是什麼想法。」

江子俊點點頭。

水瑤看到信上的內容，心就提了起來。

雖然信上的內容不多，她也能從字裡行間分析出當時的情況。

徐倩可沒想那麼多，得知徐五他們把那些殺手消滅，樂得都要跳起來了。

水瑤雖然也開心，可她想得更多。徐五他們這次並沒有把對方的頭兒消滅，且信中也提到曹雲軒……如果真是他們猜測的那樣，曹家以後還會有麻煩。

「徐倩，咱們先掉頭回去。」

「小姐，妳不打算回益州了？」徐倩從驚喜中醒過來。

水瑤點頭。「回，但不是現在。」

儘管不大喜歡曹家，可是她不得不承認，她身上流著的到底是曹家人的血，只有曹家人好了，弟弟以後的路才會順暢。

徐倩覺得水瑤太過緊張了。「小姐，他們這些殺手才剛被人消滅，他們的人也沒那個能力反撲啊，且這次連官府的人都驚動了，他們不會那麼快露面的。」

水瑤擔憂地盯著車外，語氣幽幽。「常理是這樣沒錯，但咱們面對的可是殺人無數的殺手啊。況且若真是曹雲軒……這人平時神出鬼沒，咱們根本就摸不透他的思維，看他對待江子俊的家人就知道，這人手段有多狠辣，我寧可多想，也不想事後後悔。

「妳可別忘了，曹家送出去的可是假的傳家寶，後來為了以防萬一，也做了穆家和洛家的假傳家寶，還放出假消息，現在興許已經被他們拿在手裡，不過這曹雲軒跟八王爺私會過，這事或許別人看不出來，可八王爺是誰？那可是多年的老狐狸，這東西是好是壞，他說不定能看出些眉目。」

徐倩難以理解地看向水瑤。「那個王爺好歹也是有錢人吧，那寶藏說是寶藏，可是誰知道這裡面裝了啥？說不準啥都沒有，或許就放了些金銀，可那麼大一個王爺，還會差這點錢？他冒這麼大的風險，根本就不值得，萬一被皇上發現了，他還不被安個造反的罪名？這得不償失啊！」

水瑤冷笑了一聲。「是得不償失，其實我也不明白他究竟有什麼目的，按理說他不缺銀子，可為什麼卻對寶藏這麼上心，難不成這寶藏裡還有他更在意的東西？反正只要有一塊真的在咱們手裡，他就別想開啟寶藏。」

話音剛落，她的眼睛突然睜大。

她看到什麼了？雖然只有一剎那，但是她相信自己的眼睛，她絕對沒看錯，剛經過的一輛馬車裡，坐著曹家老太太！

「小姐，怎麼了？」徐倩轉過頭來，也被水瑤這副表情給嚇到了。

水瑤不可思議地道：「我的天哪，妳知道我看到誰了？那是曹家老太太啊！」

另一頭，坐在馬車裡的老太太也被嚇得心臟怦怦跳，曹雲逸則是不解的看著老太太拍著胸脯。

「娘，怎麼了，您身體不舒服？」

老太太苦笑了一聲。「唉，真是天意啊！老四，你知道娘剛才看到誰了？老三的那個大閨女！我估計她剛才肯定也看到我了，這事恐怕已經瞞不住水瑤這孩子了。」

老太太這話可把曹雲逸嚇了一跳。

老太太嘆口氣。「停車吧，咱們跟水瑤見一面，該來的終究要來。」

徐倩趴在車窗上往前面瞧，她有些不相信，老太太怎麼可能還活著呢？那麼大的年紀，還不會游泳，能瞞過那麼多人，簡直太不可思議了。她覺得水瑤是眼花看錯了人，保不齊就是長得比較像而已。

「小姐，前面的馬車停了！」她突然大叫道。

水瑤伸出頭看了一眼，馬車果然在前面停下來，這讓她更加確定剛才沒有看錯，那車裡的確是老太太，那個大家都以為死去的人。

不過她也不意外，三姨娘都可以假死，她這個祖母怎麼可能是簡單的人？只是她不清楚老太太怎麼會想出這麼一招，且這招還真的管用，至少讓她躲過曹家這一劫，要不然就這千里發配，不死也去了半條命。

看水瑤他們的車子就停在邊上，老太太朝水瑤招了招手。「丫頭，過來坐吧，我知道妳有很多疑惑，咱們車上說。」

水瑤讓李大和徐倩跟上，她則上了老太太的車子，就看到曹雲逸也在。

老太太嘆了口氣，拉著水瑤坐下。「丫頭，其實妳肯定懷疑過吧？」

水瑤慢條斯理的說道：「沒看到您的屍體，您讓我如何相信？」

老太太長嘆一口氣。「丫頭，妳來到曹家後，也知道後面發生太多的事，我不清楚是誰在對咱們曹家不利，所以我想躲在暗處看看這背後究竟是什麼人在搗鬼。其實我也想過其他辦法，但只有這個辦法最有效，雖然會讓家裡的人難過，可也能讓敵人卸下心防，大膽地跳出來，我也是實在沒辦法了才出此下策，沒想到曹家會變成這樣……丫頭，我知道妳為曹家人做了不少，難為妳了。」

水瑤笑了一下，但是笑意並未達眼底。「奶奶，我不會說這是我應該做的，但這是我唯一能做的。雖然我沒在曹家長大，但為人子女，我也只能做那麼多。其實在我的想法裡，讓曹家的人吃點苦頭不是什麼壞事，不經歷一點苦難，怎會懂得珍惜生活？曹家人之前是過得太順心如意了，以至於人心浮動，小動作不斷，當然這也不排除有心人故意為之，怎麼說呢……這後來發生的事，想必您老已經知道了吧？三姨奶奶雖說死了，可她跟您老一樣，是假死的。」

老太太被水瑤這句話震住了，這事她還真的不清楚。「妳說什麼，那個宋靜雯是假死？」

看老太太表情不似作偽，水瑤相信老太太許是真的不清楚。「嗯。」

老太太沈默了一會兒。「我也懷疑這個宋靜雯有問題，當然也不只是她，可能曹家還有其他人想讓我死，畢竟我的存在擋了他們的財路，我也是逼不得已才這樣，我就是想看看我死後，這些人都在會什麼？」

水瑤苦笑。「那您老後來發現了什麼？好不容易假死一回，總不能沒有收穫吧？」

「找人殺我的，其實是咱們自己人……」老太太眼神晦暗，猶豫了一下，這才緩緩道出。

——未完，待續，請看文創風605《鎮家之寶》4（完結篇）

狗屋果樹 2018 線上書展

一百種 書式生活

2/1(8:30)~2/23(23:59)

品味人間煙火，執筆愛情不休
書展百種隨選，創造屬於自己的舒適生活

書展限定 666看到底！

雷恩那(含小別冊)+莫顏+宋雨桐
三套簽名書合售
數量有限
原價920，限定價666(請至過年套組購物車點選)

書展首賣新書，通通75折

- 文創風 鴻映雪《卿本娘子漢》全五冊
- 橘子說 雷恩那《求娶嫣然弟弟》上+下（＋30元送小別冊）
- 橘子說 莫　顏《戲冤家》【四大護法之一】
- 橘子說 宋雨桐《那年花開燦爛》

舊書優惠，好書值得回味

- 75折 橘子說1250~1255、Romance Age全系列
- 7折 橘子說1240~1249、文創風526~605
- 6折 橘子說1212~1239、文創風429~525
- 5折 橘子說1154~1211、文創風300~428（蓋）

銅板特賣區

此區會蓋

- 80元 文創風101~299
- 50元 橘子說1153前、花蝶1622前、采花1266前、文創風001~100、亦舒204~243（不包括典心、樓雨晴）
- 20元 PUPPY201~498
- 10元 PUPPY001~200、小情書001~064

隨單即贈貓掌貼紙一張，送完為止
書展期間記得鎖定 狗屋/果樹天地，
精采小活動等著你，抽獎禮物保證不後悔！

鴻映雪

巾幗本色，萬夫莫敵

虧她乃將門虎女，先是誤信閨密，後來錯嫁薄情郎，
把人生好局打到爛，真是愚昧得可以！
如今重生後她脫胎換骨了，
還不運用謀略，好好博一把來改寫人生？

文創風 606-610《卿本娘子漢》全套五冊

想她顏寧前世就是蠢死在身邊人的算計下，
縱然她擁有一身武藝謀略及大好家世背景，
最終卻遭廢后慘死、抄家滅族，
想想自己一手好牌能打成這樣，
無怪乎老天爺也看不下去，給她重生的機會。
而今她洞燭機先了，翻轉顏家命數是勢在必行！
於是，她一方面對昔日閨密和薄情郎還以顏色；
另一方面跟鎮南王世子培養出患難與共的情誼……
在步步為營、處心積慮的算計之下，
顏家最終趨吉避凶，她也一戰成巾幗英雄，
人生至此看似春風得意，感情也有了著落，
無奈再如何封賞，都難以改變男人納妾乃天經地義。
看來要讓未來夫婿與她實踐一生一世一雙人，
只好祭出顏家老祖宗的規矩——打趴他，讓他立誓永不納妾！

2/13陸續出版。原價250元/本，**書展特價188元/本**

一百種
書式生活

雷恩那(含小別冊)+莫顏+宋雨桐 三套簽名書合售
原價920，**限定價666**(請至過年套組購物車點選)

2018 線上書展

雷恩那

新年首發，
眾所期待

傳聞「寓清入濁世、秉筆寫江湖」的乘清閣閣主，
馭氣之術蓋世絕倫，有「江湖第一美」稱號。
而她只是一個武林盟大西分舵的小小分舵主。
兩人曾於多年前結下不解之緣，後卻不明不白分別，
如今再次相見，他竟說有求於她?!

橘子說 1256.1257

《求娶嫣然弟弟》上+下

那年天災肆虐，惠羽賢曾瑟縮在少年公子懷裡顫抖，
他明亮似陽，溫柔如月光，令她驚懼的心有了依靠，
她天真以為可以依賴他到底，未料卻遭到他的「棄養」，
多年後再會，名聲顯赫的他已認不出她，她卻一直將他記在心底。
江湖皆傳乘清閣閣主淩淵然孤傲出塵、淡漠冷峻，
怎麼她眼裡所見的他盡是痞氣，耍起無賴比誰都在行！
她隱瞞往昔那段緣分，卻不知他看上她哪一點，硬要與她「義結金蘭」，
他變成她的「愚兄」，而她是他的「賢弟」，她認命地為他所用，
但即使她真把一條命押在他身上，為他兩肋插刀，
他也不能因為頂不住老祖宗的威迫，就把傳宗接代的大任丟給她承擔啊！
儘管如此，他仍是她真心仰望的那人，
只是她都已這般努力，終於相信自己能伴著他昂揚而立，
他又怎能輕易反悔，棄她而去？

2/6出版，上下不分售。原價440元/套，**書展特價330元/套**，還有限量簽名版！
小粉絲專屬 **+30元** 就能擁有**大老爺系列**番外小別冊〈**妻寶大丈夫**〉，只有書展才有唷！

莫顏

創意天后最新力作，
四大護法情有所屬

寒倚天身為丞相之子，為打聽妹妹寒曉昭的下落，
不得不贖回青樓花魁，豈料竟是引狼入室?!
江湖計謀，難辨真假，
誰輸誰贏，就看誰的手段更高明……

橘子說 1258

《戲冤家》【四大護法之一】

巫離是狐媚的女人，但扮起花心男人，連淫賊都自嘆不如。
巫嵐看起來是個君子，但若要誘拐女人，貞節烈女也能束手就擒。
兩位護法奉命出谷抓人，該以完成任務為主，絕不節外生枝，
可遇上美色當前，不吃好像有點說不過去。
「你別動我的女人。」巫離插腰警告道。
「行，妳也別動我的男人。」巫嵐雙臂橫胸。
巫離很糾結，她想吃寒倚天，偏偏這男人是巫嵐的相公。
巫嵐也很糾結，他想對寒曉昭下手，偏偏這姑娘是巫離的娘子。
「昭兒是好姑娘，不能糟蹋。」巫離義正辭嚴地說。
巫嵐挑眉。「那妳就能糟蹋那個寒倚天？」
巫離笑得沒心沒肺。「這不一樣，那男人可是很願意被我糟蹋。」
巫嵐面上搖頭嘆氣，心下卻在邪笑，
那麼他也想辦法讓寒曉昭願意來「糟蹋」他吧……

2/6出版。原價250元/本，**書展特價188元/本**，還有限量簽名版！
建議搭配《江湖謠言之雙面嬌姑娘》、《江湖謠言之捉拿美人欽犯》一起享用，風味更佳，書展期間只要**六折**喔！

二〇一八一路發

抽本好書帶回家！

什麼！買一本就能參加抽獎?! 也太好康了吧！

沒錯～～只要上網訂購並完成付款，系統會發e-mail給您，
附上抽獎專用之流水編號，買一本就送一組，買十本就能抽十次，
不須拆單，買愈多中獎機率愈大！快趁過年試試手氣吧～～

福星高照獎	4名	《丫頭有福了》全四冊
吉祥如意獎	4名	《將軍別鬧》全四冊
締結良緣獎	4名	《龍鳳無雙》全三冊
財源滾滾獎	10名	狗屋紅利金200元

- 3/5(一)於官網公布得獎名單，祝您好運滿滿～
- 前二個獎項為三月文創風新書，會等出書後再寄送唷！

小叮嚀

(1) 請於訂購後**三日內**完成付款，最後訂購於2018/2/26前完成付款才算有效訂單喔！
(2) 活動期間親自至本社購買亦享有相同折扣，請先電話聯絡確認欲購書籍，以方便備書。
(3) 購書滿千元(含)以上免郵資。未滿千元部分：郵資65元(2本以下郵資50元)／超商取貨70元，限7本以內／宅配100元。
(4) 特賣書籍因出書時間較久，雖經擦拭、整理，仍有褪色或整飾痕跡，故難免不如新書亮麗。除缺頁、倒裝外無法換書，因實在無書可換，但一定會優先提供書況較良好的書給大家。若有個人原因需要換書，需自付來回郵資。
(5) 各書籍庫存不一，若遇缺書情形可選擇換書或退款。
(6) 歡迎海外讀者參與(郵資另計)，請上網訂購或是mail至love小姐信箱(love@doghouse.com.tw)詢問相關訊息。

狗屋．果樹有權修改優惠活動的實施權益及辦法。

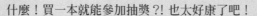

渺渺浮生，訴不盡的兩世情深／水暖

2017年12月出版

天定良緣

告別前塵舊夢，這輩子她只盼獲得新生，
就算生在世族大家，難免有躲不掉的明爭暗鬥，
也總比被心愛之人背叛來得強。
不過她似是忘了，有些事可以隨歲月流逝，
可有些人，卻是想忘也忘不了……

文創風 586 1

陸婉兮一直視凌淵如命，到頭來反而教他要了命。
曾經有多愛，就有多恨，恨到她縱身而下，落入冰冷的湖裡——
可上天似是不想讓她就此委屈了結，她醒來後竟成了臨安洛家四姑娘洛婉兮！
同為「婉兮」，命運卻是天堂與凡間，
前世她是陸國公府家的掌上明珠，活得恣意灑脱，説風是風；
這世她父母雙亡，和幼弟相依為命，好在還有洛老夫人庇蔭。
她日子過得安分守己，小時訂了個不錯的娃娃親，
豈知自家堂姊和未婚夫暗通款曲，還想方設法要毀她名譽 ?!

文創風 587 2

「我要娶他！」
小小的陸婉兮天真地以為就像大哥娶大嫂，娶了就能天天在一塊兒了！
「我的傻姑娘，女兒家只能嫁人，可不能娶人。」母親笑著告訴她。
於是她歡天喜地的改口：「那我要嫁給他！」
彼時她才六歲，早已認定了心儀的他。
後來她如願嫁給了凌淵，可這段美好回憶在他的背叛下，只剩下諷刺！
本以為這世不會再見，可當那男人出現在眼前，她心中只有説不清的滋味。
這男人利用愛慕他的女子登上權力的巔峰，利用完後又一腳踢開，
他是這樣薄情的人，可為何她會在他眼中看到他對前世的她情深義重？

文創風 588 3

早在洛婉兮決定來京城的那一刻，命運就已為她寫好劇本，
要角一一現身，而最後結局是福是禍，皆取決於她。
曾經交好的姊妹，因為重重誤會而情誼不再；
對她照顧有加的嬤嬤被暗害而死，
煞費苦心找出真凶，背後的真相卻令她更覺膽寒。
牽扯越深，越難抽身。面對前世的至親，她難以無動於衷，
而她一心想躲著凌淵，卻不料他早已懷疑起她的身分，
為她布下天羅地網，只等著她一步步踏入……

文創風 589 4 完

就連洛婉兮也不明白自己為何又成了凌淵的妻子？
許是因皇帝將她賜婚給一個傻子，讓她不甘如此被人擺布，
也或許是當年真相大白，讓她驚覺竟是錯恨了他。
她以為時光帶走了一切，包括曾經的濃情密意，
卻不知與凌淵的每一次相處，都能讓她憶起當初的熟悉。
皇帝病重，朝堂變天，本以為一番風雨過後，終將迎來太平盛世，
可就有那些見不得別人好、想藉勢攀高枝的，
趁她有孕在身，欲將美貌女子推入凌淵懷裡，還要害她腹中孩兒……

屬於我的開心果

第269期：阿默　LAN

第一次見阿默時，牠在約三尺的籠子裡。中途說，阿默很兇且不親人。和牠對上的第一個眼神，確實不太友善，可當我用逗貓棒和牠互動後，默默的眼神立即從防備轉為渴望，我驀地想起牠只是一歲半的貓，還是小朋友呀！現在我仍常想起那個眼神，正因為那個眼神，我才決定帶牠回家。

我花了很多時間陪牠、等牠適應。起初，牠一見到人就躲起來，靠近牠就揮舞牠的貓拳，而現在，牠願意讓我摸摸、抱抱牠，無論是牠多討厭的事牠永遠不會出爪，甚至喊牠名字也會過來，也會等門、陪我一起睡覺。

當我收到編輯請我分享和阿默的小故事時，我發現，只要關於牠的事我都覺得有趣，像是牠有時會偷撈魚、有客人來就消失在家裡之類的；然而，讓我最高興的是牠的轉變。我覺得，只要阿默在我家能感到快樂，我就開心了！直到現如今我都很感謝中途沒有放棄牠，所以我才能和阿默相遇。

我也想當開心果

第276期：白白

白白這隻「好漢」，有著漂亮的臉蛋，身材也很健壯，雖然個性有些好強，但是有顆善良的心，懂得保護、照顧弱者，甚至也懂得分享食物。白白很期待可以找到專屬牠的主人喔～

第278期：Sun

想要可愛的米克斯汪汪作伴嗎？想要天天紓壓，趕走生活中的疲憊感嗎？可以選擇帶Sun回家唷！Sun很活潑，不怕生，極為聰明靈巧，相信Sun也能像阿默一樣，讓主人每天都感到開心唷！

第279期：黑美

溫柔的黑美，個性很開朗，也很親人，對人較為倚賴，體型亦算是嬌小玲瓏；而牠最喜歡做的事，就是「求抱抱」。所以，快來給黑美一輩子「愛的抱抱」吧！

（以上三期聯絡人：陳小姐→leader1998@gmail.com／Line：leader1998）

第280期：小八

小八是隻個性很穩重、親人，又十分乖巧的成貓，連剪指甲都能輕鬆搞定，很適合沒養過貓貓的新手們喔！快來給可愛的小八一個安心的家～（聯絡人：林小姐→dogpig1010@hotmail.com）

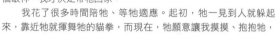

為流浪貓狗加油 和貓寶貝 狗寶貝

廝守終生(一定要終生喔！)的幸福機會

對人來說，貓寶貝狗寶貝只是生活的一部分，但妳（你）對牠們來說，卻是生活的全部，領養前請一定要考慮清楚——

▲ 慢熟卻開朗的橘子貓　小金桔

性　　別：女生
品　　種：米克斯
年　　紀：1歲
個　　性：慢熱，熟了以後很好動
特　　徵：閃亮亮無斑紋橘橙毛
健康狀況：已結紮，已施打二合一疫苗呈陰性，兩次三合一預防針。
目前住所：台北市信義區

『小金桔』的故事：

會遇見小金桔，是有一天，牠突然出現在中途慣常餵養的地方。當時的小金桔有些怯生生的，但很惹人憐愛；後來中途發現，小金桔並未結紮，因此就將牠帶去做絕育手術。

和小金桔相處一段時間後，中途察覺，牠的個性很溫和，雖然有些怕人，但若是摸摸牠、抱抱牠，小金桔都不會排斥。之後，中途的朋友過來幫忙照顧小金桔，更進一步發覺到，小金桔是隻非常聰明的貓咪，且很會跳上跳下，就像飛天小女警一樣！

中途這才了解，原來小金桔是隻「慢熟」的毛小孩，不但很喜歡人的陪伴，且偶爾也會調皮淘氣，甚至有古靈精怪的模樣。中途表示，如果想要帶小金桔回家的拔拔或麻麻，要有耐心慢慢跟牠混熟相處唷！歡迎來電0918-498-029，或來信yinchen2007@gmail.com（陳小姐）。

認養資格：

1. 認養者須年滿20歲，有穩定經濟能力，以雙北市為主，家庭尤佳。
2. 須同意簽認養寵物切結書（附身分證影本）及合照，並核對身分資料。
3. 須做居家防護，並讓中途家訪，瞭解小金桔以後的生活環境。
4. 同意送養人日後之追蹤探訪（回傳照片及能接受訪視）。
5. 須讓小金桔每日至少一餐濕食。

注意事項：

☆認養流程：電話訪談→面談看貓→家訪並溝通防護→防護完成→送貓到府並簽訂同意書→認養後聯繫。

來信請說明：

a. 個人基本資料：姓名、性別、年齡、家庭狀況、職業與經濟來源等。
b. 想認養小金桔的理由。
c. 過去養寵物的經驗，及簡介一下您的飼養環境。
d. 若未來有結婚、懷孕、出國或搬家等計劃，將如何安置小金桔？

文創風
604

鎮家之寶 3

國家圖書館出版品預行編目資料

鎮家之寶 / 皓月著. --
初版. -- 臺北市 : 狗屋, 2018.01-
冊 ; 公分. --（文創風）
ISBN 978-986-328-825-1（第3冊 : 平裝）. --

857.7　　106021474

著作者	皓月
編輯	王冠之
校對	黃亭蓁　周貝桂
發行所	狗屋出版社有限公司
地址	台北市104中山區龍江路71巷15號1樓
電話	02-2776-5889～0
發行字號	局版台業字845號
法律顧問	蕭雄淋律師
總經銷	知遠文化事業有限公司
電話	02-2664-8800
初版	2018年2月
國際書碼	ISBN-13　978-986-328-825-1

本著作物由起點中文網（www.qidian.com）授權出版

定價250元
狗屋劃撥帳號：19001626
網址：love.doghouse.com.tw　E-mail：love@doghouse.com.tw